LL LECTOR

BERNHARD SCHLINK

EL LECTOR

Bernhard Schlink nació en Alemania en 1944. Su novela *El lector* fue un gran acontecimiento literario y obtuvo numerosos premios internacionales. Juez y profesor en la Universidad de Berlín, vive entre Bonn y Berlín.

EL LECTOR

BERNHARD SCHLINK

Traducción de Joan Parra Contreras

VINTAGE ESPAÑOL

UNA DIVISIÓN DE RANDOM HOUSE, INC.

NUEVA YORK

PRIMERA EDICIÓN VINTAGE ESPAÑOL, NOVIEMBRE 2008

Información de catalogación de publicaciones disponible en
la Biblioteca del Congreso de los Estados Unidos.

Vintage ISBN: 978-0-307-47310-3

Traducción de Joan Parra Contreras

www.grupodelectura.com

Impreso en los Estados Unidos de América
10 9 8 7 6 5 4 3 2

PRIMERA PARTE

1

A los quince años tuve hepatitis. La enfermedad empezó en otoño y acabó en primavera. Cuanto más fríos y oscuros se hacían los días, más débil me encontraba. Pero con el año nuevo las cosas cambiaron. El mes de enero fue templado, hasta el punto de que mi madre me instaló la cama en el balcón. Veía el cielo, el sol y las nubes, y oía a los niños jugar en el patio. Una tarde de febrero oí cantar un mirlo.

Vivíamos en el segundo piso de una espaciosa casa de finales del siglo pasado, en la Blumenstrasse. La primera vez que salí después de la enfermedad fue para dirigirme a la Bahnhofstrasse. Fue allí donde, un lunes de octubre, volviendo del colegio a casa, me puse a vomitar. Ya hacía días que me sentía débil, más débil que nunca en mi vida. Cada paso me costaba esfuerzo. Cuando subía escaleras en casa o en el colegio, las piernas casi no me sostenían. Tampoco tenía ganas de comer. A veces me sentaba a la mesa con apetito, pero enseguida me vencía el asco a la comida. Por la mañana me levantaba con la boca seca y la sensación de que mis órganos internos pesaban más de lo normal y estaban fuera de su lugar habitual en el cuerpo. Me avergonzaba de sentirme tan débil. Y me avergoncé especialmente cuando vomité. Eso tampoco me había pasado nunca en la vida. De repente, la boca se me llenó de vómito; intenté tragar, apreté los labios y me tapé la boca con la mano, pero el vómito se me salió a través de los dedos. Luego me apoyé en una pared, miré el charco de vómito y arrojé una papilla clara.

Una mujer acudió en mi ayuda, casi con rudeza. Me cogió del brazo y me condujo hasta un patio, a través de un oscuro pasillo. Arriba había tendederos colgados de ventana a ventana, con ropa tendida. En el patio había madera almacenada; en un taller con la puerta abierta chirriaba una sierra y volaban virutas. Junto a la puerta del patio había un grifo. La mujer lo abrió, me lavó la mano sucia y luego ahuecó las manos, recogió agua y me la echó en la cara. Me sequé con un pañuelo.

–¡Coge el otro!

Junto al grifo había dos cubos; ella cogió uno y lo llenó. Yo cogí y llené el otro y la seguí por el pasillo. La mujer tomó impulso, y el agua cayó sobre la acera y arrastró el vómito por encima del bordillo. Luego me quitó el cubo de las manos y arrojó otra oleada de agua sobre la acera.

Al incorporarse me vio llorar. «Ay, chiquillo, chiquillo», dijo sorprendida. Me abrazó. Yo era apenas un poco más alto que ella, sentí sus pechos contra mi pecho, olí en la estrechez del abrazo mi aliento fétido y su sudor fresco y no supe qué hacer con los brazos. Dejé de llorar.

Me preguntó dónde vivía, dejó los cubos en el pasillo y me acompañó a casa. Caminaba a mi lado, con mi macuto en una mano y mi mano en la otra. La Bahnhofstrasse está cerca de la Blumenstrasse. La mujer andaba deprisa, y tan decididamente que yo la seguía sin titubear. Se despidió delante de mi casa.

Aquel mismo día, mi madre llamó al médico, que me

diagnosticó hepatitis. En algún momento le hablé a mi madre de aquella mujer. De no haber sido así, no creo que hubiera vuelto a verla. Pero mi madre insistía en que, en cuanto pudiera valerme por mí mismo, comprara con mi dinero de bolsillo un ramo de flores y me presentara en casa de aquella mujer para darle las gracias. En fin: un día de finales de febrero me dirigí a la Bahnhofstrasse.

2

La casa de la Bahnhofstrasse ya no existe. No sé cuándo la derribaron ni por qué. He estado muchos años fuera de mi ciudad. El nuevo edificio, construido en los años setenta u ochenta, tiene cinco pisos y un ático bastante grande, y una fachada lisa con revestimiento claro, sin balcones ni miradores. Hay muchos apartamentos pequeños, cada uno con su timbre. Apartamentos donde la gente se instala y que al cabo de un tiempo abandona, igual que se coge y se deja un coche alquilado. Ahora en la planta baja hay una tienda de aparatos de informática; antes hubo una droguería, un supermercado y un videoclub.

La casa antigua era igual de alta pero sólo tenía cuatro pisos: una planta baja de piedra labrada y tres pisos con fachada de ladrillos y los miradores, balcones descubiertos y marcos de las ventanas también de piedra. A la planta baja y al vestíbulo se accedía por una pequeña escalera que se estrechaba a partir del primer piso, enmarcada a ambos lados por un zócalo del que partía una barandilla metálica que acababa en un ornamento en forma de caracol. La puerta estaba flanqueada por dos columnas, y desde lo alto de sus arquitrabes dos leones contemplaban la Bahnhofstrasse, cada uno hacia un lado. El pasillo por el que la mujer me había conducido hasta el grifo del patio era la entrada de servicio.

La casa me había llamado la atención ya desde pequeño. Dominaba toda la hilera de fachadas. A veces tenía la sensación de que iba a hacerse aún más gruesa y ancha, y las casas contiguas tendrían que echarse a un lado para dejarle sitio. En el interior me imaginaba unas escaleras con paredes estucadas, espejos y una alfombra con motivos orientales, fijada a los escalones mediante brillantes tiras transversales de latón. Suponía que en una casa tan señorial debía de vivir gente igual de señorial. Pero como estaba ennegrecida por los años y el humo de las chimeneas, también me imaginaba a los señoriales inquilinos algo sombríos, extravagantes, quizá sordos o mudos, jorobados o cojos.

Años más tarde soñé muchas veces con aquella casa. Los sueños siempre eran parecidos, variaciones de un mismo sueño y un mismo tema. Andando por una ciudad extraña, veo la casa. Está en una calle de un barrio que no conozco. Sigo caminando, desconcertado, porque conozco la casa pero no el barrio. Luego me doy cuenta de que ya he visto esa casa alguna vez. Pero no pienso en la Bahnhofstrasse de mi ciudad, sino en otra ciudad u otro país. En el sueño estoy, por ejemplo, en Roma, veo la casa allí y me acuerdo de haberla visto antes en Berna. Ese recuerdo soñado me tranquiliza; volver a ver la casa en otro entorno no me parece más extraño que el encuentro casual con un viejo amigo en un lugar ajeno. Doy media vuelta, regreso a la casa y subo los escalones. Voy a entrar. Acciono el tirador de la puerta.

A veces veo la casa en el campo; entonces el sueño es más largo, o quizá lo que pasa es que luego me acuerdo mejor de los detalles. Voy en coche. Veo la casa a mano derecha y sigo conduciendo, al principio desconcertado sólo por el hecho de ver en medio del campo una casa cuyo lugar evidentemente está en una calle en plena ciudad. Luego me doy cuenta de que ya la he visto alguna vez, y mi desconcierto se redobla. Cuando recuerdo el lugar en que la vi por primera vez, doy la vuelta y regreso a ella. En el sueño, la carretera está siempre vacía, puedo dar la vuelta derrapando y desandar el camino a toda velocidad. Temo llegar tarde y acelero. Entonces la veo. Está rodeada de campos: nabos o trigo, viñas si es en la zona del Rin, o espliego si es en Provenza. El terreno es plano, o como mucho suavemente ondulado. No hay árboles. El día es claro, brilla el sol, el aire reverbera, y la carretera reluce por efecto del calor. Las paredes medianeras al desnudo hacen que la casa parezca cortada, incompleta. Podrían ser las paredes de una casa cualquiera. No parece más sombría que en la Bahnhofstrasse. Pero las ventanas están cubiertas de una capa de polvo que no deja ver el interior de las habitaciones, ni siquiera los visillos. La casa es ciega.

Me detengo en el arcén y cruzo la carretera en dirección a la puerta. No se ve a nadie, no se oye nada, ni siquiera el ruido lejano de un motor, ni el viento, ni un pájaro. El mundo está muerto. Subo los escalones de la planta baja y cojo el tirador de la puerta.

Pero no la abro. Me despierto y sólo sé que he cogido el tirador y he tirado de él. Y a continuación me acuerdo de todo el sueño, y también de que ya lo he tenido otras veces.

3

No sabía cómo se llamaba aquella mujer. Me quedé parado delante de la puerta, mirando los timbres indeciso y con el ramo de flores en la mano. Me daban ganas de dar media vuelta y marcharme. Pero entonces salió de la casa un hombre, me preguntó a qué piso iba y me mandó al tercero, a casa de Frau Schmitz.

Ni estuco, ni espejos, ni alfombra. Toda la modesta belleza de la escalera, muy inferior a la de la fachada, había desaparecido hacía tiempo. La pintura roja de los escalones había saltado en el centro, el linóleo verde grabado que cubría las paredes hasta la altura del hombro estaba gastado, y los barrotes que faltaban en la barandilla habían sido sustituidos por cordones. Olía a productos de limpieza. Aunque puede ser que no me fijara en todo eso hasta más adelante. La escalera siempre estaba igual de dejada e igual de limpia, y siempre reinaba el mismo olor a productos de limpieza, a veces mezclado con olor a carbón o a judías, a carne asada o a ropa lavada en agua caliente. De los demás inquilinos de la casa nunca conocí más que esos olores, las marcas de los pies delante de las puertas de los pisos y las placas debajo de los timbres. No recuerdo haberme encontrado nunca con nadie en la escalera.

Tampoco recuerdo cómo saludé a Frau Schmitz. Seguramente le recité dos o tres frases que llevaría preparadas, aludiendo a mi enfermedad, a su amabilidad y a mi agradecimiento. Ella me condujo a la cocina.

Era la habitación más grande del piso. En ella estaban la cocina y el fregadero, una bañera y un calentador, una mesa y dos sillas, un armario, un ropero y un sofá. El sofá estaba cubierto con una manta roja de terciopelo. No había ventana. Entraba luz por la vidriera de la puerta que daba al balcón. No mucha luz; la cocina sólo se iluminaba cuando se abría la puerta. Entonces se oía el chirrido de la carpintería del patio y olía a madera.

El piso tenía también una sala de estar pequeña y angosta, con un aparador, una mesa, cuatro sillas, un sillón de orejas y una estufa. En esa habitación no había calefacción, así que en invierno casi siempre estaba vacía, y de hecho en verano también. La ventana daba a la Bahnhofstrasse, y desde ella se veían los terrenos de la antigua estación, removidos a fondo por las excavadoras mientras se empezaban a colocar ya aquí y allá los cimientos de nuevos edificios judiciales y administrativos. Finalmente, el piso tenía también un retrete sin ventana. Cuando el retrete olía mal, el olor invadía también el pasillo.

Tampoco recuerdo de qué hablamos en la cocina. Frau Schmitz estaba planchando; había extendido sobre la mesa una manta de lana y un lienzo e iba sacando prendas de un cesto, planchándolas, doblándolas y dejándolas encima de una de las sillas. En la otra silla estaba yo sentado. También planchó su ropa interior; no pude evitar mirar, a pesar de que intentaba apartar la vista. Llevaba un delantal azul con pálidas florecitas rojas. Tenía el pelo rubio y largo sujeto en un moño sobre la nuca. Sus brazos desnudos eran pálidos. Los gestos con que co-

gía la plancha, la guiaba y la volvía a dejar, y luego dobla
ba y apartaba las prendas, eran lentos y concentrados, y
se movía, se encorvaba y se incorporaba con la misma
lentitud y concentración. Sobre su rostro de entonces se
han ido depositando en mi imaginación sus rostros ulte-
riores. Cuando la evoco tal como era entonces, la veo sin
rostro. Tengo que reconstruírselo. Frente alta, pómulos
altos, ojos azul pálido, labios gruesos y de contorno suave, sin arco en el labio superior, mentón enérgico. Un
rostro ancho, áspero, de mujer adulta. Sé que me pareció
hermosa. Pero no consigo evocar su hermosura.

4

–Espera un momento –dijo cuando me levanté para irme–. Yo también tengo que salir, te acompaño un trozo.

Esperé en el recibidor. Ella se quedó en la cocina para cambiarse. La puerta estaba entornada. Se quitó el delantal y se quedó sólo con una combinación verde claro. Sobre el respaldo de la silla colgaban dos medias. Cogió una y la enrolló con rápidos movimientos de las dos manos. Se puso en equilibrio sobre una pierna, apoyó sobre la rodilla la punta del pie de la otra, se echó hacia adelante, metió la punta del pie en la media enrollada, la apoyó sobre la silla, se subió la media por la pantorrilla, la rodilla y el muslo, se inclinó a un lado y sujetó la media con el liguero. Se incorporó, quitó el pie de la silla y cogió la otra media.

Yo no podía apartar la vista de ella. De su nuca y de sus hombros, de sus pechos, que la combinación realzaba más que ocultaba, de sus nalgas, que se apretaron contra la combinación cuando ella apoyó el pie sobre la rodilla y lo puso sobre la silla, de su pierna, primero desnuda y pálida y luego envuelta en el brillo sedoso de la media.

Se dio cuenta de que la estaba mirando. Se detuvo en el momento en que iba a coger la otra media, se volvió hacia la puerta y me miró a los ojos. No recuerdo qué había en su mirada: sorpresa, pregunta, comprensión, reproche. Enrojecí. Por un instante me quedé inmóvil; me ardía la cara. Luego no pude soportarlo más y salí corriendo del piso. Me lancé escalera abajo y llegué a la calle.

Me puse a caminar despacio. Bahnhofstrasse, Häusserstrasse, Blumenstrasse: mi camino de vuelta de la escuela desde hacía tantos años. Conocía todas las casas, todos los jardines y todas las vallas: las que cada año recibían una capa de pintura, las que tenían la madera tan gris y podrida que se hundía al apretarla con el dedo; las verjas metálicas, junto a las cuales de pequeño pasaba corriendo, mientras hacía chocar un palo contra los barrotes, y la alta pared de ladrillo tras la que mi imaginación había supuesto maravillas y horrores, hasta que pude trepar a lo alto y vi las aburridas hileras abandonadas de flores, arbustos y hortalizas. Conocía el adoquinado y la capa de alquitrán de la calzada, y la alternancia entre placas, piedras de basalto onduladas, alquitrán y grava en la acera.

Todo me resultaba familiar. Cuando el corazón empezó a latirme más despacio y dejó de arderme la cara, aquel encuentro entre la cocina y el recibidor ya estaba lejos. Me enfadé. Había echado a correr como un niño, en lugar de reaccionar con la madurez que esperaba de mí mismo. Ya no tenía nueve años sino quince. Eso sí, no podía siquiera imaginarme en qué habría consistido una reacción madura.

El otro enigma era el encuentro mismo, allí entre la cocina y el pasillo. ¿Por qué no había podido apartar la vista? Ella tenía un cuerpo muy robusto y muy femenino, más exuberante que el de las chicas que me gustaban y a las que a veces me quedaba mirando. Estaba seguro de que jamás me habría llamado la atención si la hubiera visto en la piscina. Y tampoco la había visto más desnuda que a las chicas de la piscina. Además, era mucho mayor que las chicas con las que yo soñaba. ¿Más de treinta años, quizá? Es difícil adivinar una edad a la que aún no se ha llegado ni se está a punto de llegar.

Años más tarde comprendí que lo que había cautivado mi mirada no había sido su figura, sino sus posturas y sus movimientos. Durante un tiempo, cada vez que tenía novia le pedía que se pusiera medias, pero no me apetecía explicar el motivo de mi ruego, revelar el enigma de aquel encuentro entre la cocina y el pasillo. Así, todas entendieron mi ruego como un capricho, una afición a la ropa interior picante, una extravagancia erótica, y cuando complacían mi deseo, se deshacían en poses coquetas. Y no era eso lo que había cautivado mi mirada. Ella no posaba, no coqueteaba. Tampoco recuerdo que lo hiciera ninguna otra vez. Recuerdo que su cuerpo, sus posturas y sus movimientos me parecían a veces torpes. No es que fuera torpe. Más bien parecía que se recogiera en el interior de su cuerpo, que lo abandonara a sí mismo y a su propio ritmo pausado, indiferente a los mandatos de la cabeza, y olvidara el mundo exterior. Fue ese mismo olvido del mundo lo que vi en sus posturas y movimientos al ponerse las medias. Pero entonces no era torpe, sino fluida, graciosa, seductora; una seducción que no emanaba de los pechos, las piernas y las nalgas, sino que era una invitación a olvidar el mundo dentro del cuerpo.

Yo por aquel entonces no sabía esas cosas; tampoco estoy seguro de saberlas ahora, de no estar inventándomelas. Pero lo cierto es que entonces, al pensar en lo que me había excitado tanto, volvía a excitarme. Para resolver el enigma, traía a mi memoria el encuentro, y la distancia que había creado al convertirlo en enigma se disolvía. Volvía a verlo todo ante mí y de nuevo no podía apartar la vista.

20

5

Ocho días después volvía a estar delante de su puerta.

Me había pasado una semana intentando no pensar en ella. Pero no tenía nada que me colmara o me distrajera; el médico todavía no me dejaba ir al colegio; después de pasarme meses leyendo, los libros me hastiaban, y unos cuantos amigos venían a verme, pero yo había estado tanto tiempo enfermo que sus visitas no servían ya de puente entre su realidad cotidiana y la mía, y cada vez eran más breves. El médico me había recomendado salir a pasear, cada día un poco más lejos, sin cansarme. Pero lo que estaba necesitando era precisamente cansarme un poco.

¡Extraño hechizo el de la enfermedad cuando se es niño o adolescente! Los ruidos del mundo exterior, del ocio en el patio o en el jardín, o en la calle, penetran amortiguados en la habitación del enfermo. Y dentro de ella florece el mundo de las historias y los personajes de las lecturas. La fiebre, que debilita la percepción y aguza la fantasía, convierte la habitación del enfermo en un espacio nuevo, familiar y ajeno a un tiempo; los dibujos de la cortina o el papel pintado degeneran en monstruos, y las sillas, mesas, estanterías y armarios se transforman en montañas, edificios o barcos, al alcance de la mano y al mismo tiempo remotos. Durante las largas horas nocturnas, acompañan al enfermo las campanadas del reloj de la iglesia, el rugido de los coches que pasan de vez en cuando y el reflejo de sus faros, que rozan las paredes y el techo. Son horas sin sueño, pero no horas de insomnio; no son horas de escasez, sino de abundancia. La combinación de anhelos, recuerdos, miedos y deseos se organiza en laberintos en los que el enfermo se pierde y se descubre y se vuelve a perder. Son horas en las que todo es posible, tanto lo bueno como lo malo.

Todo eso va desvaneciéndose a medida que el enfermo mejora. Pero si la enfermedad ha durado lo bastante, la habitación queda impregnada, y el conveleciente, aunque ya no tenga fiebre, sigue perdido en el laberinto.

Cada mañana me despertaba con mala conciencia, a veces con el pantalón del pijama húmedo o manchado. Las imágenes y escenas con las que soñaba no estaban bien. Yo sabía que ni mi madre ni el cura que me había preparado para la confirmación, y al que yo tenía en gran estima, ni mi hermana mayor, a la que había confiado los secretos de mi infancia, me regañarían por ello. Pero me amonestarían de una manera cariñosa y solícita, que sería peor que una regañina. Lo más grave era que a veces no me limitaba a soñar pasivamente con aquellas imágenes y escenas, sino que las vivía activamente en mi fantasía.

No sé de dónde saqué el valor para volver a casa de Frau Schmitz. ¿Quizá la educación moralizante se revolvía de algún modo contra sí misma? Si la mirada concupiscente era por sí misma tan mala como la satisfacción del deseo, y la fantasía activa tanto como el hecho en sí mismo, entonces, ¿por qué negarse a la satisfacción y al hecho? Día a día constataba que no podía alejar de mí aquellas ideas pecaminosas. Hasta que llegó un momento en que deseé el pecado.

Había otra consideración. Ir allí podía resultar peligroso. Pero en realidad era imposible que el peligro se materializase. Frau Schmitz me saludaría sorprendida, me escucharía mientras le daba explicaciones por mi extraño comportamiento y me despediría amablemente. Era mucho más peligroso no ir: corría peligro de no poder sacudirme mis fantasías. Así que, si decidía ir, actuaría correctamente. Ella se comportaría con normalidad, yo me comportaría con normalidad, y todo volvería a ser tan normal como siempre.

Ésas eran mis cavilaciones; convertí mi deseo en factor de un extraño cálculo moral y así acallé mi mala conciencia. Pero eso no me daba el valor que necesitaba para plantarme delante de Frau Schmitz. Una cosa era convencerme a mí mismo de que, bien mirado, mi madre, aquel cura tan simpático y mi hermana mayor no sólo no me retendrían, sino que me animarían a dar el paso, y otra muy distinta presentarme de verdad en casa de Frau Schmitz. No sé por qué lo hice. Pero en lo que sucedió en aquellos días reconozco hoy el mismo esquema por medio del cual el pensamiento y la acción se han conjuntado o han divergido durante toda mi vida. Pienso, llego a una conclusión, la conclusión cristaliza en una decisión, y entonces me doy cuenta de que la acción es algo aparte, algo que puede seguir a la decisión, pero no necesariamente. A lo largo de mi vida, he hecho muchas veces cosas que era incapaz de decidirme a hacer y he dejado de hacer otras que había decidido firmemente. Hay algo en mí, sea lo que sea, que actúa; algo que se pone en camino para ir a ver a una mujer a la que no quiero volver a ver más, que le hace a un superior un comentario que me puede costar la cabeza, que sigue fumando aunque yo he resuelto dejar de fumar, y deja de fumar cuando yo me he resignado a ser fumador para el resto de mis días. No quiero decir que el pensamiento y la decisión no influyan para nada en la acción. Pero la acción no se limita a llevar a cabo lo que he pensado y decidido previamente. Surge de una fuente propia, y es tan independiente como lo es mi pensamiento y lo son mis decisiones.

6

No estaba en casa. La puerta de la calle estaba entornada, subí la escalera, llamé al timbre y esperé. Volví a llamar. Las puertas de dentro del piso estaban abiertas, lo vi a través del cristal de la puerta, y reconocí el espejo, el guardarropa y el reloj del recibidor. Incluso oía su tictac.

Me senté en los escalones a esperar. No me sentía aliviado, como puede sentirse uno cuando ha tomado una decisión con temor de lo que pueda pasar y luego se alegra de haberla llevado a cabo sin que haya pasado nada. Tampoco me sentía decepcionado. Estaba resuelto a verla, y esperaría hasta que llegase.

El reloj del recibidor tocó el cuarto, la media y menos cuarto. Intenté seguir el leve tictac y contar los novecientos segundos desde un cuarto de hora al siguiente, pero siempre me distraía. En el patio chirriaba la sierra del carpintero, brotaban voces o música de los pisos, se abría una puerta. Luego oí a alguien subir con paso regular, lento y pesado escalera arriba. Esperaba que la persona en cuestión se quedara en el segundo piso. Si me veía, ¿cómo iba a explicarle lo que estaba haciendo allí? Pero los pasos no se detuvieron en el segundo piso. Siguieron subiendo. Me puse en pie.

Era Frau Schmitz. Llevaba en una mano un canasto con carbón de coque y en la otra uno con briquetas. Llevaba uniforme, chaqueta y falda: evidentemente, era revisora del tranvía. No me vio hasta que llegó al rellano. No pareció enfadada, ni sorprendida, ni burlona; nada de lo que yo había temido. Sólo parecía cansada. Dejó el carbón en el suelo y se puso a buscar la llave en el bolsillo de la chaqueta. Al hacerlo se le cayeron al suelo unas cuantas monedas. Las recogí y se las di.

–Abajo en el sótano hay dos canastos más. ¿Me los llenas y los subes? La puerta está abierta.

Bajé corriendo la escalera. La puerta del sótano estaba abierta y la luz encendida, y al pie de la larga escalera encontré una carbonera con la puerta entornada y el candado abierto colgando del cerrojo. La carbonera era grande y estaba llena hasta el techo, donde había una trampilla por la que metían el carbón desde la calle. A un lado de la puerta estaban las briquetas apiladas ordenadamente, y al otro los canastos para el carbón.

No sé qué fue lo que hice mal. En mi casa también bajaba siempre a buscar carbón al sótano y nunca había tenido ningún problema. Eso sí, en casa el montón de carbón no era tan alto. Conseguí llenar el primer canasto sin incidentes. Pero cuando agarré el segundo canasto por las asas y empecé a coger el carbón del suelo, la montaña se puso en movimiento. Desde lo alto empezaron a caer pedazos pequeños a saltos grandes y pedazos grandes a saltos pequeños, mientras más abajo se producía un corrimiento y en el suelo una avalancha en toda regla. Se formó una nube de polvo negro. Me quedé inmóvil, aterrorizado, mientras recibía algún que otro golpe, y pronto me encontré con el carbón hasta los tobillos.

Cuando la montaña quedó en reposo, salí de entre el carbón, llené el segundo canasto, busqué y encontré una escoba, barrí hacia el interior de la carbonera los pedazos de carbón que habían rodado por el suelo del sótano, cerré la puerta y subí los dos canastos.

Ella se había quitado la chaqueta, se había aflojado la corbata y se había abierto el botón de arriba, y estaba sentada a la mesa de la cocina, con un vaso de leche en la mano. Al verme se echó a reír, primero conteniéndose, ahogadamente, y luego a carcajadas. Mientras me señalaba con el dedo, dio una palmada con la otra mano en la mesa.

–Pero, chiquillo, ¿tú has visto qué pinta traes?

Entonces me vi la cara en el espejo de encima del fregadero y me eché a reír también.

–Así no puedes presentarte en tu casa. Te vas a dar un baño y mientras tanto te sacudo la ropa.

Se acercó a la bañera y abrió el grifo. El agua empezó a caer humeante en la bañera.

–Ten cuidado al desnudarte, no quiero que se me llene la cocina de carbonilla.

Tras vacilar unos instantes, me quité el jersey y la camisa. Y volví a vacilar. El nivel del agua subía rápidamente, y la bañera ya estaba casi llena.

–¿Te vas a bañar con los pantalones y los zapatos puestos? Que no miro, chiquillo.

Pero cuando cerré el grifo y me quité los calzoncillos, ella se me quedó mirando sin alterarse en absoluto. Enrojecí, me metí en la bañera y me sumergí por completo en el agua. Cuando saqué la cabeza, ella estaba en el balcón trajinando con mi ropa. La oí sacudir los zapatos uno contra otro y zarandear los pantalones y el jersey. Le dijo algo en voz alta a alguien que estaba abajo, algo sobre el polvo de carbón y el serrín; le contestaron desde abajo y se rió. Volvió a la cocina y dejó mi ropa en la silla. Me lanzó una mirada fugaz.

–Ahí tienes champú; lávate la cabeza. Ahora te traigo una toalla.

Sacó algo del ropero y salió de la cocina.

Me lavé. El agua de la bañera ya estaba sucia, y abrí el grifo para echar más y enjuagarme la cabeza y la cara bajo el chorro. Luego me quedé allí tumbado, mientras el calentador gorgoteaba, sintiendo en la cara el aire fresco que entraba por la rendija de la puerta de la cocina y en el cuerpo el agua caliente. Tuve una sensación de bienestar. Era un bienestar excitante, y mi miembro se puso tieso.

Cuando ella entró en la cocina, no levanté la cabeza; esperé a que estuviera junto a la bañera. Con los brazos abiertos de par en par, sostenía una gran toalla desplegada.

–¡Vamos!

Me levanté y salí de la bañera dándole la espalda. Ella, detrás de mí, me envolvió en la toalla de la cabeza a los pies, y me frotó hasta que estuve seco. Luego dejó caer la toalla al suelo. No me atreví a moverme. Se me acercó tanto que sentí sus pechos en mi espalda y su vientre en mis nalgas. Ella también estaba desnuda. Me rodeó con sus brazos y me puso una mano en el pecho y la otra en el miembro tieso.

–Has venido para esto, ¿no?

–Pues...

No supe qué decir. Ni que sí ni que no. Me di la vuelta. No vi gran cosa de su cuerpo. Estábamos demasiado juntos. Pero quedé abrumado por la proximidad de su cuerpo desnudo.

–¡Qué guapa eres!

–Qué cosas dices, chiquillo...

Se rió y me echó los brazos al cuello. También yo la abracé.

Tenía miedo: del contacto, de los besos, de no gustarle, de no ser bastante para ella. Pero cuando ya llevábamos un rato abrazados, cuando me empapé de su olor y sentí plenamente su calidez y su fuerza, todo cobró sentido: me puse a explorar su cuerpo con las manos y la boca, nuestras bocas se encontraron, y por fin la tuve encima de mí, mirándome a los ojos, hasta que llegué al clímax y cerré los ojos con fuerza, y al principio intenté contenerme, pero luego grité tan fuerte que ella tuvo que taparme la boca con la mano.

7

En la noche siguiente me enamoré de ella. Me pasé la noche en duermevela, añorándola, soñando con ella, creyendo sentirla a mi lado, hasta que me daba cuenta de que estaba agarrando la almohada o la manta. Tenía los labios irritados de tanto besarnos. Mi miembro se ponía tieso una y otra vez, pero no quería masturbarme. No quería volver a hacerlo nunca más. Quería estar con ella.

¿Me enamoré de ella como premio por haber accedido a acostarse conmigo? Todavía hoy, cuando he pasado la noche con una mujer, tengo siempre la sensación de haber recibido un regalo excepcional y me siento obligado a corresponder a tanto mimo haciendo un esfuerzo por querer a la mujer y por plantarle cara al mundo.

Uno de mis pocos recuerdos diáfanos de la primera infancia es de una mañana de invierno, cuando tenía cuatro años. La habitación en la que dormía por entonces no tenía calefacción, y solía hacer mucho frío por la noche y a primera hora de la mañana. Me acuerdo de la calidez de la cocina y de la ardiente cocina de carbón, un macizo armatoste metálico con una pileta siempre llena de agua caliente, y en cuyo interior veía quemarse el carbón cuando mi madre, con ayuda de un garfio, levantaba las placas y los aros de los fogones. Mi madre acercó una silla a la cocina de carbón, me puso de pie sobre ella y empezó a lavarme y a vestirme. Me acuerdo de la deliciosa sensación de calidez y del placer que me producía que mi madre me lavara y me vistiera en medio de aquella calidez. Cada vez que me acordaba de aquella escena, me preguntaba por qué mi madre me había mimado de tal modo aquel día. ¿Quizá estaba enfermo? ¿Les habían dado a mis hermanos algo que no me habían dado a mí? ¿Me esperaba aquel día algún trance desagradable o difícil?

Y como la mujer que en mis pensamientos no tenía nombre me había mimado tanto aquella tarde, sentí que tenía que pagar por ello y decidí volver al colegio al día siguiente. Había otra razón: tenía ganas de exhibir la patente de virilidad que acababa de adquirir. No era que quisiera fanfarronear. Pero me sentía superior y sobrado de fuerzas, y tenía ganas de enfrentarme a mis compañeros y profesores con aquella fuerza y aquella superioridad. Además, aunque no habíamos hablado de ello, sabía que ella era revisora del tranvía, y por lo tanto debía de trabajar muchas veces hasta bien entrada la tarde o quizá la noche. ¿Y cómo iba a poder verla cada día si me quedaba en casa y sólo salía para dar mis paseos de convaleciente?

Cuando volví a casa después de estar con ella, mis padres y hermanos ya estaban cenando.

–¿Éstas son horas de llegar? Tu madre estaba ya inquieta.

Mi padre parecía más enfadado que preocupado.

Dije que me había perdido, que había salido con la intención de dar un paseo hasta Molkenkur, pasando por el cementerio, pero que luego había estado extraviado durante un buen rato, hasta llegar finalmente a Nussloch.

–Como no tenía dinero, he tenido que volver de Nuss-loch andando.

–Podías haber hecho autoestop.

Mi hermana pequeña hacía autoestop de vez en cuan-do, algo que mis padres no aprobaban.

Mi hermano mayor resopló con menosprecio.

–Molkenkur y Nussloch están en direcciones opues-tas.

Mi hermana mayor me miró inquisitiva.

–Mañana vuelvo al colegio.

–Pues a ver si pones atención en la clase de geografía. Hay una cosa que se llama sur y otra que se llama norte, y el sol sale por...

Mi madre interrumpió a mi hermano.

–El médico dijo que tres semanas más.

–Si es capaz de ir a pie hasta Nussloch pasando por el cementerio y volver a casa, también puede ir al colegio. Lo que le falta no son fuerzas, sino inteligencia.

De pequeños, mi hermano y yo siempre estábamos pegándonos, y luego empezamos a hacernos la guerra verbalmente. Él tenía tres años más que yo y me supera-ba en los dos terrenos. En algún momento dejé de repli-carle y empecé a hacer oídos sordos a sus pullas. Desde entonces se limitaba a refunfuñar.

–¿Y tú qué dices?

Mi madre se dirigía a mi padre. Él dejó el cuchillo y el tenedor en el plato, se recostó hacia atrás y juntó las ma-nos entre los muslos. Se quedó callado y pensativo, como siempre que mi madre le preguntaba algo que tuviera que ver con los niños o con la casa. Y, como siempre, yo me pregunté si de verdad estaba pensando en la pregunta de mi madre o sólo pensaba en su trabajo. Quizá intenta-ra honestamente reflexionar sobre lo que le había dicho mi madre, pero, una vez puesto a pensar, se le iba la mente al trabajo. Era catedrático de filosofía, y pensar era su vida: pensar, leer, escribir y enseñar.

A veces me daba la sensación de que nosotros, su familia, éramos para él como animales domésticos. El perro que se saca a pasear, el gato con el que se juega, y también el gato que se acurruca en el regazo y ronronea y se deja acariciar, pueden despertar afecto, en cierto modo pueden hacerse hasta necesarios, y sin embargo puede ser un engorro comprarles la comida, limpiar lo que ensucian y llevarlos al veterinario. Puede ser que la vida verdadera esté en otro sitio, muy lejos de ahí. Me habría gustado que su vida fuéramos nosotros, su familia. A veces también me habría gustado que mi hermano no fuera tan refunfuñón ni mi hermana pequeña tan descarada. Pero, llegada la noche, de repente me daba cuenta de que los quería muchísimo a todos. Mi hermana pequeña. Seguramente no era fácil ser la más pequeña de cuatro hermanos, y para afirmarse como persona necesitaba un cierto grado de descaro. Mi hermano mayor. Compartíamos habitación, lo cual sin duda se le hacía más pesado a él que a mí, y además, desde que me había puesto enfermo, yo dormía solo en la habitación, mientras él tenía que conformarse con el sofá del comedor. ¿Cómo no iba a refunfuñar? Mi padre. ¿Dónde estaba escrito que sus hijos tenían que ser lo más importante de su vida? Además, íbamos creciendo, y cualquier día tendríamos edad de irnos de casa.

Tuve la impresión de que era la última vez que nos sentábamos todos juntos a la gran mesa redonda, bajo la gran lámpara de latón de cinco brazos y cinco bombillas, que era la última vez que comíamos en los viejos platos decorados con zarcillos verdes en el borde, que era la última vez que hablábamos con tanta familiaridad. Me pareció estar viviendo una despedida. Todavía estaba allí, pero ya me había ido. Añoraba a mi madre, a mi padre y a mis hermanos, y al mismo tiempo anhelaba a una mujer.

Mi padre me miró.

–Dices que quieres volver mañana mismo al instituto, ¿verdad?

–Sí.

Vi que se había dado cuenta de que me había dirigido a él y no a mi madre, y también de que yo no estaba dispuesto a reconsiderar mi decisión.

Asintió con la cabeza.

–Pues si quieres, adelante. Y si ves que no puedes, te quedas en casa otra vez.

Me sentí feliz. Y al mismo tiempo tuve la sensación de que en ese momento la despedida ya se había producido.

8

En los días siguientes, la mujer tuvo turno de mañana. Llegaba a casa a las doce, y yo me saltaba cada día la última hora de clase para esperarla en su rellano. Nos duchábamos y hacíamos el amor, y poco antes de la una y media yo me vestía rápidamente y echaba a correr. En casa se comía a la una y media. Los domingos se comía a las doce, pero ella también empezaba y acababa el turno más temprano.

Yo muchas veces habría preferido que no nos ducháramos. Pero ella era de una limpieza exasperante; se duchaba cada día al levantarse, y a mí me gustaba el olor que traía del trabajo: a perfume, a sudor fresco y a tranvía. Pero también me gustaba su cuerpo mojado y enjabonado; me gustaba que me enjabonase y enjabonarla a ella, y ella me enseñaba a hacerlo sin vergüenza, con naturalidad, con posesiva minuciosidad. También cuando hacíamos el amor ella tomaba posesión de mí con toda naturalidad. Su boca buscaba la mía, su lengua jugaba con la mía, me decía dónde y cómo quería que la tocase, y cuando me cabalgaba hasta el orgasmo, yo sólo estaba allí para darle placer, no para compartirlo. No es que no fuera tierna y no me diera placer a mí también. Pero lo hacía por pura diversión, para jugar. Hasta que aprendí yo también a tomar posesión de ella.

Eso fue más tarde. Y nunca llegué a aprenderlo del todo. De hecho, durante mucho tiempo no lo necesité. Era joven y no tardaba en tener un orgasmo, y luego, cuando lentamente volvía a la vida, me gustaba que ella me poseyera. La miraba cuando la tenía encima, veía su vientre, en el que se dibujaba un profundo surco sobre el ombligo, sus pechos, el derecho ligeramente más grande que el izquierdo, su cara, con la boca abierta. Apoyaba las manos en mi pecho y en el último momento las levantaba bruscamente, se agarraba la cabeza y emitía un grito sordo, gimoteante, gorgoteante, que la primera vez me asustó y que luego empecé a esperar ansiosamente.

Después quedábamos agotados. Muchas veces se dormía encima de mí. Se oía la sierra en el patio y los gritos de los obreros que la manejaban, más ruidosos aún que ella. Cada vez que la sierra enmudecía, llegaba débilmente a la cocina el rumor del tráfico de la Bahnhofstrasse. Cuando oía gritos de niños jugando, sabía que era la hora de la salida del colegio, es decir, que ya habían dado la una. El vecino que llegaba a su casa para comer echaba alpiste en el balcón, y se oía a las palomas aterrizar en él y arrullar.

–¿Cómo te llamas? –le pregunté el sexto o séptimo día. Se había dormido encima de mí y acababa de despertarse. Hasta entonces, yo había evitado tener que llamarla por su nombre, y también llamarla de tú o de usted.

–¿Para qué quieres saberlo? –replicó, mirándome con desconfianza.

–Tú y yo... Sé tu apellido, pero tu nombre no. Quiero saber cómo te llamas. ¿Qué tiene de...?

Se rió.

–Nada, chiquillo, no tiene nada de malo. Me llamo Hanna.

Siguió riéndose sin parar, hasta contagiarme.

–Has puesto una cara tan rara...

–Es que estaba medio dormida. ¿Y tú cómo te llamas?

Yo pensaba que ella ya lo sabía. Por entonces estaba de moda no usar macuto y llevar los libros debajo del brazo, y cuando los dejaba encima de la mesa de la cocina, se veía claramente mi nombre en las libretas y libros, forrados con papel de embalar sobre el que yo pegaba una etiqueta con el título del libro y mi nombre. Pero ella no se había fijado.

–Me llamo Michael Berg.

–Michael, Michael, Michael –dijo, buscando los matices del nombre–. Mi niño se llama Michael, va a la universidad...

–Al instituto.

–... va al instituto, y de mayor quiere ser un gran... –vaciló.

–No sé lo que quiero ser de mayor.

–Pero eres buen estudiante.

–Bueno, yo no diría tanto...

Le dije que para mí ella era más importante que los estudios y el colegio. Que me gustaría estar más tiempo con ella.

–De todos modos, voy a perder el año.

–¿Vas a perder un año? ¿Qué año?

Se incorporó. Era la primera vez que teníamos una conversación en serio.

–Sexto de bachillerato. Con lo de la enfermedad he perdido varios meses. Para sacar el curso, tendría que estudiar tanto que me volvería imbécil. Ahora mismo, por ejemplo, tendría que estar en el colegio.

Le conté lo de mis novillos.

–Fuera –dijo retirando el edredón–. Fuera de mi cama. Y no vuelvas hasta que te pongas a estudiar. ¿Dices que ir al colegio es para imbéciles? ¿Para imbéciles? ¡Pero qué sabrás tú! ¿Tú sabes lo que es pasarse el día vendiendo billetes de tranvía?

Se puso de pie, desnuda en medio de la cocina, y empezó a hacer de revisora. Abrió con la mano izquierda la carterita en la que llevaba los talonarios de billetes, arrancó dos billetes con el dedo pulgar de la misma mano –enfundado en un dedal de goma–, balanceó la mano derecha para agarrar la perforadora que le colgaba de la muñeca y la pulsó dos veces.

–Dos a Rohrbach.

Soltó la perforadora, extendió la mano, cogió unas monedas, abrió el monedero que llevaba colgado sobre el vientre, metió las monedas dentro, cerró el monedero y devolvió el cambio sacándolo del distribuidor de monedas fijado al monedero.

–Billetes, por favor...

Me miró.

–¿Para imbéciles? No tienes ni idea.

Yo estaba sentado al borde de la cama. Me sentía aturdido.

–Vale, lo siento. Me pondré a estudiar. No sé si en seis semanas voy a poder sacar el curso. Voy a intentarlo. Pero si no me dejas verte más, no podré. Te...

Iba a decir «Te quiero». Pero cambié de idea. Quizá ella tuviera razón, seguro que tenía razón. Pero no tenía derecho a exigirme que estudiara más y a amenazarme con dejar de vernos.

–Te quiero ver cada día.

El reloj del recibidor tocó la una y media.

–Tienes que irte.

Se quedó callada un momento.

–Mañana empiezo el turno de día. Salgo a las cinco y media. Si quieres, puedes venir a casa. Pero sólo si te pones a estudiar.

Estábamos de pie el uno frente al otro, desnudos, pero ella me parecía todavía más dura que si llevase uniforme. Yo no comprendía la situación. ¿Lo hace por mí?, me pregunté, ¿o por ella? ¿Se ha ofendido porque he dicho que lo que hago es para imbéciles, y entonces lo suyo es más imbécil todavía? Pero yo no había dicho que ninguna de las dos cosas fuera para imbéciles. ¿O quizá no quería tener como amante a un inútil? Pero ¿acaso yo era su amante? ¿Qué era yo para ella? Me vestí lo más despacio que pude, esperando que dijera algo. Pero no dijo nada. Cuando acabé de vestirme, ella estaba todavía allí de pie, desnuda, y cuando la abracé para despedirme, ni se inmutó.

9

¿Por qué me pongo tan triste cuando pienso en aquellos días? ¿Será que añoro la felicidad pasada? Lo cierto es que en las siguientes semanas fui feliz. Me las pasé estudiando como un imbécil, hasta sacar el curso, mientras nos amábamos como si nada más importara en el mundo. ¿O será por lo que descubrí más tarde, por la sombra que ese descubrimiento tardío arroja sobre aquellos días del pasado?

¿Por qué? ¿Por qué lo que fue hermoso, cuando miramos atrás, se nos vuelve quebradizo al saber que ocultaba verdades amargas? ¿Por qué se oscurece el recuerdo de unos años felices de matrimonio cuando nos enteramos de que el otro tuvo un amante durante todo ese tiempo? ¿Acaso porque en semejante situación no se puede ser feliz? Y, sin embargo, ¡éramos felices! A veces un final doloroso hace que el recuerdo traicione la felicidad pasada. A lo mejor es que la única felicidad verdadera es la que dura siempre. Porque sólo puede tener un final doloroso lo que ya era doloroso de por sí, aunque no fuéramos conscientes de ello, aunque lo ignorásemos. Pero un dolor inconsciente e ignorado ¿es dolor?

Recuerdo aquellos días y me veo a mí mismo. Llevaba

los elegantes trajes que me habían tocado en suerte a la muerte de un tío rico, junto con varios pares de zapatos de dos colores, negro y marrón, negro y blanco, charol y ante. Tenía los brazos y las piernas demasiado largos, no para los trajes, que mi madre se había encargado de arreglar, sino para coordinar mis propios movimientos. Mis gafas eran de un modelo barato, de la seguridad social, y mi pelo una especie de escoba desgreñada, a pesar de mi empeño en dominarlo. En el colegio no era de los mejores ni de los peores; creo que muchos profesores no llegaron ni a advertir mi presencia, ni tampoco los compañeros que llevaban la voz cantante en la clase. No me gustaba mi aspecto, mi ropa ni mi forma de moverme, ni siquiera mis logros ni mis cualidades. Pero estaba rebosante de energía, de confianza en ser un día guapo e inteligente, superior y admirado, de ansiedad por enfrentarme a nuevas personas y situaciones.

¿Será eso lo que me entristece? ¿El celo y la fe que me colmaban en aquella época, mi empeño en arrancarle a la vida una promesa que de ningún modo podía cumplir? A veces veo en las caras de los niños y los adolescentes el mismo celo y la misma fe, y los veo con la misma tristeza con que recuerdo los míos. Esa tristeza, ¿no será la tristeza pura? ¿Es eso lo que nos sobreviene cuando, al mirar atrás, los recuerdos hermosos se nos vuelven quebradizos, al ver que aquella felicidad no se alimentaba sólo de la situación del momento, sino de una promesa que no se cumplió?

Ella –debería empezar a llamarla Hanna, igual que empecé a hacerlo en aquella época–, ella, desde luego, no vivía de ninguna promesa, sino de la situación del momento, única y exclusivamente.

Le pregunté por su pasado, y lo que me respondió parecía sacado de un arcón polvoriento. Se crió en la parte alemana de Rumania, a los diecisiete años emigró a Berlín y encontró trabajo en la Siemens, y a los veintiuno fue a parar al ejército. Desde el final de la guerra había ido saliendo adelante con diferentes trabajos de poca monta. De su trabajo de revisora, al que se dedicaba desde hacía unos cuantos años, le gustaba el uniforme y el hecho de que el paisaje fuera cambiando todo el rato y el suelo se moviera debajo de sus pies. Pero lo demás no le gustaba. No tenía familia. Tenía treinta y seis años. Todo eso me lo contó como si no fuera su vida, sino la de otra persona a la que no conocía mucho y tampoco le importaba demasiado. Muchas veces, cuando le pedía más detalles, decía que no se acordaba, y tampoco entendía que me interesase lo que había sido de sus padres, si había tenido hermanos, cómo había vivido en Berlín y lo que había hecho en el ejército.

–Preguntas mucho, chiquillo.

Lo mismo pasaba con el futuro. Por supuesto, no se me pasaba por la cabeza la idea de casarme y tener hijos. Pero me identificaba más con el Julien Sorel de Madame de Rénal que con el de Mathilde de la Môle. Me encantaba que Felix Krull acabara entregándose al final a la madre en vez de a la hija. Mi hermana, que estudiaba filología alemana, habló una vez durante la comida de la polémica en torno a si Goethe y Frau von Stein habían tenido una relación amorosa, y, para asombro de toda la familia, yo me volqué con énfasis en favor del sí. Me imaginaba cómo podía ser nuestra relación al cabo de cinco o diez años. Y una vez le pregunté a Hanna qué pensaba ella al respecto. Pero ella no quería pensar ni siquiera en la excursión en bicicleta que le propuse para las vacaciones de Pascua. Podíamos hacernos pasar por madre e hijo para coger una habitación doble y pasar la noche juntos.

Es curioso que semejante idea y semejante propuesta no me parecieran ridículos. De haber ido de viaje con mi madre, me habría empeñado en tener una habitación para mí solo. Ir con mi madre al médico o a comprarme un abrigo, o que ella me fuera a buscar al regreso de un viaje, ya no me parecía apropiado para mi edad. Cuando iba con ella por la calle y nos cruzábamos con compañeros míos del colegio, temía que me tomaran por un perrito faldero. Pero que me vieran con Hanna, que podría haber sido perfectamente mi madre aun siendo diez años más joven que la verdadera, no me importaba en absoluto. Es más, me enorgullecía.

Hoy en día, cuando veo a una mujer de treinta y seis años, la encuentro joven. Pero cuando veo a un muchacho de quince años, veo a un niño. Hanna me daba una seguridad que ahora me parece asombrosa. Mi éxito en el colegio atrajo sobre mí la atención de los profesores y me garantizó su respeto. Las chicas con las que trataba se daban cuenta de que no las temía, y eso les gustaba. Me sentía bien dentro de mi cuerpo.

El recuerdo, que ilumina con claridad y retiene firmemente mis primeros encuentros con Hanna, ha hecho borrosos los contornos de las semanas que pasaron entre aquella primera conversación y el final del curso escolar. Una explicación puede ser la regularidad con que nos encontrábamos y con que discurrían nuestras citas. Otro motivo radica en el hecho de que hasta entonces nunca había vivido días tan intensos, de que mi vida nunca había transcurrido tan rápida y tan densa. Cuando pienso en mí estudiando en aquellas semanas, me parece como si me hubiera sentado al escritorio y no me hubiera levantado hasta recuperar todo lo que había perdido durante la hepatitis, aprendido todas las palabras, leído todos los textos, demostrado todos los teoremas matemáticos y combinado todas las fórmulas químicas. Sobre el Tercer Reich y la Alemania de la época inmediatamente anterior ya había leído mucho mientras estuve en cama.

También nuestros encuentros se han convertido en mi recuerdo en un único y largo encuentro. A partir de la conversación, siempre nos veíamos por la tarde: cuando ella tenía turno de noche, estábamos juntos de tres a cuatro y media, y en caso contrario quedábamos a las cinco y media. En casa se cenaba a las siete, y al principio Hanna insistía en que fuera puntual. Pero al cabo de un tiempo la hora y media empezó a hacérsenos corta, y solía inventarme excusas para saltarme la cena.

Y el motivo de que nos faltara tiempo es que había empezado a leerle en voz alta. El día siguiente a nuestra conversación, Hanna me preguntó qué cosas aprendía en el colegio. Le hablé de los poemas de Homero, de los discursos de Cicerón y de la historia de Hemingway en la que un viejo lucha contra un pez y contra el mar. Ella quería saber cómo sonaban el latín y el griego, y le leí fragmentos de la *Odisea* y de las *Catilinarias*.

–¿Y no aprendes también alemán?

–¿Qué quieres decir?

–¿Sólo aprendes lenguas extranjeras, o también os enseñan algo en la lengua del país?

–Sí, nos hacen leer cosas.

Mientras estaba enfermo, mis compañeros habían leído *Emilia Galotti* e *Intriga y amor*, de Schiller, y teníamos que entregar un trabajo sobre esos libros. Así que tenía que leérmelos, pero siempre iba dejándolo para más adelante. Cuando por fin tenía tiempo para leer, ya se había hecho tarde y estaba cansado, de modo que al día siguiente no me acordaba de lo que había leído y tenía que volver a empezar.

–¡Léemelo!

–Léelo tú misma, te lo traeré.

–Tienes una voz muy bonita, chiquillo. Me apetece más escucharte que leer yo sola.

–Uf..., no sé.

Pero al día siguiente, cuando fui a besarla, retiró la cara.

–Primero tienes que leerme algo.

Lo decía en serio. Tuve que leerle *Emilia Galotti* media hora entera antes de que ella me metiese en la ducha y luego en la cama. Ahora ya me había acostumbrado a las duchas y me gustaban. Pero con tanta lectura se me habían pasado las ganas. Para leer una obra de teatro de manera que los diferentes personajes sean reconocibles y tengan un poco de vida, hace falta un cierto grado de concentración. En la ducha me volvían las ganas. Lectura, ducha, amor y luego holgazanear un poco en la cama: ése era entonces el ritual de nuestros encuentros.

Hanna escuchaba con mucha atención. Su risa, sus bufidos despreciativos y sus exclamaciones indignadas o entusiastas no dejaban duda de que seguía la trama con interés y que consideraba unas niñatas tontas tanto a Emilia como a Luise. La impaciencia con que a veces me pedía que siguiera leyendo surgía de su esperanza de que dejasen de hacer bobadas.

–¡Cómo se puede ser tan tonta!

A veces incluso yo me animaba y me apetecía continuar leyendo. Cuando los días empezaron a hacerse más largos, pasaba más rato con la lectura, para seguir en la cama con ella mientras se ponía el sol. Cuando ella se dormía sobre mí y callaba la sierra del patio, cantaban los mirlos y los colores de los objetos de la cocina dejaban paso a tonalidades de gris más o menos oscuro, me sentía completamente feliz.

10

El primer día de las vacaciones de Pascua me levanté a las cuatro. Hanna tenía turno de día. A las cuatro y cuarto cogía la bicicleta y se iba a las cocheras del tranvía, y a las cuatro y media salía con el primer tranvía hacia Schwetzingen. Me había contado que en el viaje de ida el tranvía solía ir vacío. No se llenaba hasta el viaje de vuelta.

Me subí en la segunda parada. El segundo vagón iba vacío, y en el primero estaba Hanna al lado del conductor. Dudé si sentarme en el vagón delantero o en el trasero, y me decidí por este último. Prometía más intimidad, un abrazo, un beso. Pero Hanna no vino. Por fuerza tuvo que verme esperando en la parada y subiendo al tranvía. Al fin y al cabo, el conductor había parado para que yo subiera. Pero ella se quedó de pie junto a él, hablando y bromeando. Lo veía perfectamente.

El tranvía pasaba sin detenerse por todas las paradas, una tras otra. No había nadie esperando. Las calles estaban vacías. Todavía no había salido el sol, y bajo el cielo blanco todo estaba cubierto de una luz pálida: las casas, los coches aparcados, los árboles cargados de hojas verdes y los arbustos florecientes, el depósito del gas y, a lo lejos, las montañas. El tranvía avanzaba despacio, seguramente porque el horario estaba hecho teniendo en cuenta los tiempos de parada, y el conductor tenía que reducir la velocidad para no llegar a destino antes de hora. Me sentí encerrado en aquel lento tranvía en marcha. Al principio me quedé sentado, pero luego me puse de pie e intenté fijar la vista en Hanna, para que se diera cuenta de que la estaba mirando por detrás. Al cabo de un rato se dio la vuelta y me miró como sin querer. Y siguió hablando con el conductor. El viaje continuó. Pasado Eppelheim, los raíles no discurrían ya por en medio de la calzada, sino por un terraplén paralelo a la carretera. El tranvía cogió más velocidad, y ahora avanzaba con el traqueteo propio de un tren. Yo sabía que el recorrido pasaba por varios pueblos hasta acabar en Schwetzingen. Pero me sentía excluido, expulsado del mundo normal en el que la gente vivía, trabajaba y amaba. Como si estuviera condenado a un viaje sin rumbo ni final a bordo de un tranvía vacío.

Luego vi una parada con marquesina, en pleno campo. Tiré del cable con el que los revisores indican al conductor que debe parar o que ya puede reemprender la marcha. El tranvía se detuvo. Ni Hanna ni el conductor me miraron al sonar el timbre. Cuando bajé, me pareció que me miraban burlándose. Pero no estaba seguro. Luego el tranvía siguió su camino, y yo lo seguí con la vista hasta que desapareció, primero en una hondonada y luego detrás de una colina. Me encontraba entre la vía y la carretera, rodeado de huertos y frutales; más allá había un vivero con invernaderos. El aire era fresco y estaba lleno de trinos de pájaros. El cielo blanco se teñía de rosa por encima de las montañas.

El viaje en tranvía había sido como una pesadilla. Y si no recordara con tanta claridad lo que pasó después, cedería a la tentación de creer que de verdad fue una pesadilla. Encontrarme de repente en la parada, oír los pájaros y ver salir el sol fue como despertar. Pero el final de una pesadilla no siempre significa un alivio. Puede ser que al despertar se dé uno cuenta de lo terrible que era lo que estaba soñando, quizá incluso de la terrible verdad que le ha revelado el sueño. Me puse en camino en dirección a casa, llorando a lágrima viva, y no pude parar de llorar hasta llegar a Eppelheim.

Volví a casa a pie. Intenté hacer autoestop, sin éxito. Cuando ya había recorrido la mitad del camino, pasó el tranvía. Iba lleno y no vi a Hanna.

A las doce estaba esperándola en su rellano, con el ánimo triste, atemorizado y furioso.

–¿Otra vez haciendo novillos?

–Estoy de vacaciones. Oye, ¿qué ha pasado esta mañana?

Ella abrió la puerta y la seguí hasta la cocina.

–¿Cómo que qué ha pasado esta mañana?

–¿Por qué has hecho como si no me conocieras? Sólo quería...

–¿O sea que yo he hecho como si no te conociera?

Se dio la vuelta y me miró fríamente a la cara.

–Has sido tú el que se ha hecho el despistado. Cómo se te ocurre subir al segundo vagón, si has visto claramente que yo estaba en el primero...

–¿Y por qué crees que el primer día de vacaciones se me ocurre coger el tranvía de Schwetzingen a las cuatro y media de la mañana? Si no te das cuenta de que era para darte una sorpresa, es que estás ciega. Pensaba que te haría gracia. He subido al segundo vagón porque...

–Pobrecito. Levantarse a las cuatro y media, y encima en vacaciones.

Nunca la había visto tan irónica. Meneó la cabeza.

–Y yo qué sé por qué querías ir a Schwetzingen. Yo qué sé por qué haces como si no me conocieras. Es problema tuyo, no mío. ¿Y ahora puedes irte, si eres tan amable?

No puedo describir lo furioso que me sentí.

–Esto no es justo, Hanna. Sabías muy bien, tenías que saber, que sólo he cogido el tranvía por ti. ¿Cómo puedes creer que he hecho como si no te conociera? Si no hubiera querido verte, no habría cogido el tranvía.

–Mira, déjame en paz. Ya te he dicho que lo que hagas es problema tuyo, no mío.

Se había colocado de manera que la mesa de la cocina quedara entre los dos, y su mirada, su voz y sus gestos me trataban como a un intruso, me estaban echando de allí.

Me senté en el sofá. Ella se había portado mal conmigo y yo había ido a pedirle explicaciones. Pero ni siquiera había conseguido explicarme yo mismo. Es más, era ella la que me atacaba a mí. Y empecé a dudar. ¿Quizá ella tenía razón, no objetivamente, pero sí desde su punto de vista? ¿Era posible, era quizá inevitable que me hubiera malinterpretado? ¿Quizá el episodio del tranvía le había dolido, aunque no fuera ésa mi intención, sino todo lo contrario, le había dolido realmente?

–Lo siento, Hanna. Ha salido todo al revés. No quería ofenderte, pero parece que...

–¿Parece? ¿O sea que parece que me has ofendido? Tú no podrías ofenderme a mí ni aunque quisieras. Y ahora, ¿me haces el favor de marcharte? Vengo del trabajo y me gustaría darme un baño y descansar un poco.

Me miró con gesto imperativo. Como no me levantaba, se encogió de hombros, se dio la vuelta, abrió el grifo de la bañera y se desnudó.

Entonces me levanté y me fui. Pensé que era para

siempre. Pero al cabo de media hora volvía a estar delante de su puerta. Me dejó entrar, y yo cargué sobre mí la culpa de todo. Reconocí haber actuado de una manera inconsciente, desconsiderada, egoísta. Comprendía que estuviera ofendida. Comprendía que no estuviera ofendida porque yo no podía ofenderla a ella aunque quisiera. Comprendía que, aunque no era quién para ofenderla, mi comportamiento había sido intolerable. Al final hasta me alegré cuando ella reconoció que lo de la mañana le había dolido, o sea que no le había resultado tan indiferente e insignificante como pretendía.

–¿Me perdonas?

Asintió con la cabeza.

–¿Me quieres?

Volvió a asentir.

–La bañera todavía está llena. Ven, voy a bañarte.

Más adelante me pregunté si había dejado el agua en la bañera porque sabía que volvería. Si se había desnudado porque sabía que no podría quitarme su imagen de la cabeza y eso me haría volver. Si sólo había querido ganar en un pequeño juego de poder. Cuando acabamos de hacer el amor, tumbados en la cama, le expliqué por qué había subido al segundo vagón en lugar de al primero. Y se lo tomó a broma.

–¿Hasta en el tranvía quieres acostarte conmigo? ¡Ay, chiquillo, chiquillo!

Era como si el desencadenante de nuestra disputa no tuviera en realidad ninguna importancia.

Pero su resultado sí tuvo importancia. Yo no sólo había perdido aquella batalla. Tras una breve lucha, había capitulado al amenazarme ella con echarme de su vida, con retirarme su amor. En las semanas siguientes ni siquiera hice un amago de lucha. Cada vez que ella me amenazaba, me rendía incondicionalmente a la primera.

Cargaba con las culpas de todo. Reconocía errores que no había cometido y confesaba intenciones que nunca había albergado. Cuando ella se ponía dura y fría, yo le suplicaba que volviera a poner buena cara, que me perdonase, que me quisiera. A veces me daba la sensación de que a ella misma le mortificaba su frialdad y su dureza. Como si añorara la calidez de mis disculpas, protestas y súplicas. A veces me daba la sensación de que sólo quería imponerse y basta. Pero, fuera como fuera, yo no tenía alternativa.

No podía hablar del asunto con ella. Hablar de nuestras discusiones sólo conducía a nuevas discusiones. Le escribí una o dos cartas largas. Pero ella no reaccionaba, y cuando yo le preguntaba si las había leído, replicaba:

–¿Ya empiezas otra vez?

11

No es que Hanna y yo no fuéramos felices después del primer día de las vacaciones de Pascua. Al contrario, nunca fuimos más felices que durante aquellas semanas de abril. A pesar de lo peregrino de aquella primera discusión y de todas nuestras discusiones en general, lo cierto es que todo lo que nos distrajera del ritual de la lectura, la ducha, el amor y el reposo nos hacía bien. Además, al reprocharme haber hecho como si no la conociera, ella se había atado las manos. Ahora, si yo quería dejarme ver a su lado, no tenía derecho a impedírmelo. Yo podía decirle: «O sea que era verdad lo que yo decía: no querías que te vieran conmigo», y eso no le habría gustado. Así que la semana después de Pascua nos fuimos de excursión en bicicleta cuatro días por Wimpfen, Amorbach y Miltenberg.

Ya no me acuerdo de qué les dije a mis padres. ¿Que me iba de excursión con mi amigo Matthias? ¿O con un grupo? ¿Que iba a visitar a un antiguo compañero de clase? Seguramente mi madre se preocupó, como siempre, y mi padre opinaba, como siempre, que no había motivo para preocuparse. Al fin y al cabo, acababa de aprobar el curso, cosa que nadie esperaba, ¿no?

Durante mi enfermedad había ahorrado la paga semanal que me daban mis padres. Pero con eso no me bastaba para poder invitar a Hanna. Así que decidí vender mi colección de sellos en la tienda de filatelia de la Heiliggeistkirche. Era la única tienda que compraba colecciones, según se leía en el escaparate. El hombre de la tienda echó una mirada a mis álbumes y me ofreció sesenta marcos. Mostré el mayor tesoro de mi colección, un sello egipcio sin borde dentado, con una pirámide, que tenía un precio de catálogo de cuatrocientos marcos. El tendero se encogió de hombros. Si tanto apreciaba mi colección, ¿por qué quería venderla? Además, ¿tenía permiso para hacerlo? ¿Se lo había dicho a mis padres? Intenté negociar. Si el sello de la pirámide no era tan valioso, me lo quedaría. Entonces, replicó, sólo podría darme treinta marcos. ¿En qué quedamos?, dije, ¿es valioso o no es valioso? Al final le saqué setenta marcos. Me sentí estafado, pero me daba lo mismo.

No sólo yo me moría de ganas de viajar. Para mi asombro, Hanna también estaba ansiosa ya días antes de emprender el viaje. No paraba de pensar en qué cosas llevarse, y no hacía más que llenar y vaciar una y otra vez las alforjas y el macuto que yo le había procurado. Quise enseñarle en el mapa la ruta que había escogido, pero no quiso oír ni ver nada.

–Estoy demasiado nerviosa, chiquillo. Me fío de ti.

Salimos el domingo de Resurrección. Hacía sol, y continuó haciendo bueno los cuatro días. Por la mañana refrescaba, y a lo largo del día iba subiendo la temperatura, no tanto como para que se hiciera pesado pedalear, pero sí lo suficiente para poder comer al aire libre. Los bosques eran alfombras verdes, jaspeadas de amarillo pálido, verde claro, verde botella, verde azulado y verde oscuro. En la llanura del Rin florecían los primeros frutales. En el Odenwald se abrían ya las forsythias.

Muchas veces podíamos pedalear el uno junto al otro. Y nos enseñábamos las cosas que íbamos viendo: un castillo, un pescador de caña, un barco en el río, una familia paseando en fila india por la orilla, un cochazo americano con la capota abierta. Cuando había que cambiar de dirección o tomar un desvío, yo me ponía delante; ella no quería preocuparse de direcciones y carreteras. Cuando había más tráfico, pedaleábamos el uno detrás del otro, a veces ella delante, a veces yo. Ella tenía una bicicleta con los radios, los pedales y los platos protegidos, y llevaba un vestido azul con falda ancha que aleteaba al viento. Al principio yo temía que la falda se enganchara entre los radios o los piñones y Hanna se cayera, pero luego se me pasó el miedo y empecé a disfrutar viéndola pedalear delante de mí.

Antes de salir había estado soñando con las noches que nos esperaban. Nos imaginaba haciendo el amor, durmiendo, despertándonos, haciendo de nuevo el amor, durmiendo de nuevo, despertándonos de nuevo y así sucesivamente, noche tras noche. Pero sólo me desperté la primera noche. Hanna me daba la espalda; mi incliné sobre ella y la besé, y ella se puso boca arriba, me tomó y me retuvo entre sus brazos.

–Mi niño, mi niño...

Luego me dormí encima de ella. Las demás noches dormimos de un tirón, cansados de pedalear, del sol y del viento. Hacíamos el amor por la mañana.

Hanna no sólo dejaba en mis manos la tarea de elegir la dirección y la carretera; también me encargaba yo de buscar alojamiento para pasar la noche, de registrarnos como madre e hijo en los formularios, que ella se limitaba a firmar, y de escoger en el menú la comida no sólo para mí, sino también para ella.

–Me gusta no tener que ocuparme de nada.

La única discusión la tuvimos en Amorbach. Yo me desperté temprano, me vestí sin hacer ruido y salí sigilosamente de la habitación. Pensaba subirle el desayuno a Hanna y también quería ver si encontraba una floristería abierta para comprarle una rosa. Le dejé una nota en la mesilla de noche. «¡Buenos días! Voy a buscar el desayuno, vuelvo enseguida», o algo por el estilo. Cuando volví, estaba de pie en medio de la habitación, medio vestida, temblando de rabia, con la cara blanca como el papel.

–¡Cómo se te ocurre largarte así, sin decir nada!

Dejé encima de la cama la bandeja con el desayuno y la rosa e intenté abrazar a Hanna.

–Hanna...

–¡No me toques!

Tenía en la mano el fino cinturón de cuero con el que se sujetaba el vestido. Dio un paso atrás y me cruzó la cara con él. Se me reventó un labio y sentí el sabor de la sangre. No me dolía. Estaba aterrorizado. Ella volvió a levantar la mano.

Pero no volvió a pegarme. Dejó caer la mano y el cinturón y se echó a llorar. Nunca la había visto llorar. Su cara se deformó por completo. Los ojos y la boca abiertos de par en par, los párpados hinchados tras las primeras lágrimas, manchas rojas en las mejillas y en el cuello. De su boca brotaban graznidos guturales, parecidos al grito sordo que emitía cuando hacíamos el amor. Estaba allí de pie, mirándome a través de las lágrimas.

Debería haberla abrazado. Pero no podía. No sabía qué hacer. En mi casa no se lloraba así. Ni se pegaba, ni con la mano ni, por supuesto, con un cinturón. Si había algún problema, se hablaba. Pero ¿qué podía decir yo en aquel momento?

Hanna dio dos pasos hacia mí, se arrojó sobre mi pecho, me pegó con los puños cerrados, me aferró con todas sus fuerzas. Entonces pude contenerla. Sus hombros se contraían, me daba cabezazos en el pecho. Luego dio un profundo suspiro y se acurrucó en mis brazos.

–¿Desayunamos? –dijo, separándose de mí–. Madre mía, ¡cómo te has puesto, chiquillo!

Cogió una toalla húmeda y me limpió la boca y la barbilla.

–Y la camisa llena de sangre.

Me quitó la camisa y luego los pantalones, y luego se desnudó ella e hicimos el amor.

–¿Me puedes explicar lo que ha pasado? ¿Por qué te has enfadado tanto?

Yacíamos juntos, tan satisfechos y contentos que pensé que entonces se aclararía todo.

–Me puedes explicar, me puedes explicar... Siempre haces preguntas tontas. ¿Te parece bonito marcharte sin decir nada?

–Pero oye, ¿y la nota que te he dejado?

–¿Qué nota?

Me incorporé en la cama. La nota no estaba en la mesilla, donde la había dejado. Me levanté, busqué junto a la mesilla, debajo de ella, bajo la cama, en la cama. Pero la nota no aparecía.

–No entiendo nada. Te he dejado una nota diciendo que iba a buscar el desayuno y volvía enseguida.

–¿Ah, sí? Pues yo no veo ninguna nota.

–¿No me crees?

–No es que no te crea, pero yo no veo ninguna nota.

Y ahí se acabó la discusión. ¿Quizá una ráfaga de viento se había llevado la nota a ninguna parte? ¿Había sido todo un malentendido: su enfado, mi labio reventado, su cara convulsionada, mi desconcierto?

¿Debería haber buscado más, hasta encontrar la nota,

hasta encontrar la causa del enfado de Hanna, la causa de mi desconcierto?

–¡Sigue leyendo, chiquillo! –dijo apretándose contra mí. Cogí la *Vida de un vagabundo aventurero* de Joseph von Eichendorff y continué donde la había dejado la última vez. El libro era fácil de leer, más fácil que *Emilia Galotti* y que *Intriga y amor*. Hanna volvía a poner toda su atención. Le gustaban los poemas intercalados en la narración. Le divertían las aventuras del héroe en Italia, con sus disfraces, confusiones, enredos y persecuciones. Al mismo tiempo le parecía mal que fuera un vagabundo, que no se dedicara a nada de provecho, que no supiera hacer nada ni quisiera aprender nada. Oscilaba entre esos dos sentimientos, y a veces, horas después de la lectura, todavía salía con preguntas como: «¿Y qué tiene de malo el oficio de aduanero?»

He vuelto a explayarme relatando nuestras disensiones, así que ahora debo hablar también de nuestras horas de felicidad. Aquella discusión hizo más íntima nuestra relación. Ahora ya la había visto llorar; una Hanna capaz de llorar me resultaba más cercana que una Hanna que era sólo fuerte. Empezó a mostrar una faceta más afable, que yo desconocía. No paró de observar y acariciarme suavemente el labio reventado hasta que se curó del todo.

Empezamos a hacer el amor de otra manera. Durante mucho tiempo yo me había dejado llevar por ella, por su manera de tomar posesión de mí. Luego yo había aprendido también a tomar posesión de ella. De entonces en adelante, empezamos a amarnos de un modo que iba más allá de la simple posesión.

Todavía conservo un poema que escribí por entonces. Como poema no vale nada. Por aquella época me entusiasmaban Rilke y Benn, y ahora veo que estaba empeñado en seguir la estela de los dos al mismo tiempo. Pero también veo lo cercanos que estábamos el uno del otro. He aquí el poema:

Cuando nos abrimos,
tú a mí y yo a ti,
cuando nos sumergimos,
tú en mí y yo en ti,
cuando nos olvidamos,
tú en mí y yo en ti.

Sólo entonces
yo soy yo
y tú eres tú.

12

No recuerdo las mentiras que les conté a mis padres después de la excursión con Hanna, pero en cambio me acuerdo muy bien del precio que tuve que pagar para poder quedarme solo en casa durante la última semana de vacaciones. He olvidado adónde se fueron mis padres, mi hermano y mi hermana mayor. El problema era mi hermana pequeña. Mis padres querían que se fuera a casa de la familia de una amiga. Pero si yo me quedaba en casa, ella también quería quedarse. A mis padres no les parecía buena idea, así que yo también tendría que ir a casa de un amigo.

Hoy en día me parece realmente sorprendente que mis padres consintieran en dejarme solo en casa una semana entera, a mis quince años. ¿Quizá se habían percatado de la nueva autosuficiencia que se había desarrollado en mí desde que estaba con Hanna? ¿O quizá simplemente habían tomado nota de que, pese a estar enfermo varios meses, había sacado el curso, y deducían de ello que yo era más responsable y digno de confianza de lo que había demostrado hasta entonces? Tampoco recuerdo que me hicieran rendir cuentas por las muchas horas que pasaba con Hanna por entonces. Por lo visto, mis padres se creían de verdad que, recuperada la salud, yo tenía ganas de estar con mis amigos, para estudiar y pasar los ratos libres juntos. Además, unos padres que tienen cuatro hijos no pueden estar pendientes todo el tiempo de cada uno de ellos, sino que por fuerza han de prestar más atención al que está creando problemas en un momento determinado. Yo ya les había ocasionado suficientes problemas, y se daban por satisfechos con verme sano y con el curso aprobado.

Cuando le pregunté a mi hermana pequeña qué quería a cambio de irse a casa de su amiga y dejarme solo en casa, me pidió unos tejanos o, como decíamos por entonces, unos pantalones vaqueros, y un niqui de terciopelo, una especie de jersey. Me pareció muy comprensible. En aquella época, los tejanos todavía eran algo especial, muy de moda, y se perfilaban como la alternativa perfecta a los trajes de ojo de perdiz y los vestidos floreados. Yo me veía obligado a aprovechar la ropa de mi tío, y mi hermana pequeña la de la mayor. Pero no tenía dinero.

–¡Pues róbalos! –exclamó mi hermana sin alterarse.

Fue increíblemente fácil. Me probé varios tejanos, me llevé al probador también unos de su talla y salí de la tienda llevándolos escondidos en torno a la cintura, por debajo de los anchos pantalones de mi traje. El niqui lo robé en unos grandes almacenes. Un día, mi hermana y yo nos dedicamos a recorrer la sección de moda femenina de mostrador en mostrador, hasta encontrar el mostrador adecuado y el niqui adecuado. Al día siguiente atravesé la sección con paso rápido y decidido, eché mano al niqui, lo escondí debajo de la americana y en un abrir y cerrar de ojos me encontré en la calle. Un día más tarde robé un camisón de seda para Hanna, pero el detective de los almacenes me vio, así que eché a correr como un endemoniado y escapé por los pelos. Estuve años sin poner los pies en aquellos grandes almacenes.

Desde aquellas noches que pasamos juntos durante el viaje, todas las noches anhelaba sentirla a mi lado, acurrucarme junto a ella, rozar su trasero con mi vientre y su espalda con mi pecho, poner la mano en sus pechos, despertarme en plena noche y buscarla con el brazo, encontrarla, cruzar una pierna entre las suyas y reposar la cara contra su hombro. Una semana solo en casa equivalía a siete noches con Hanna.

Una tarde la invité a cenar a casa. La recuerdo en la cocina mientras yo daba los últimos toques a la cena; en el hueco de la puerta mientras yo sacaba la cena al comedor; sentada a la mesa redonda, en el lugar habitual de mi padre. Lo miraba todo.

Su mirada registraba todos los detalles, los muebles del siglo pasado, el piano de cola, el viejo reloj de péndulo, los cuadros, las estanterías llenas de libros, la vajilla y los cubiertos en la mesa. La dejé sola un momento para acabar de preparar el postre, y al volver no la encontré sentada a la mesa. Había ido recorriendo habitación tras habitación, y ahora estaba en el despacho de mi padre. Me apoyé silenciosamente contra el marco de la puerta y me quedé mirándola. Ella paseaba la mirada por las estanterías de libros que colmaban las paredes; era como si estuviese leyendo un texto. Luego se dirigió a una estantería, pasó lentamente el dedo índice de la mano derecha, a la altura de su pecho, por los lomos de los libros, pasó a la estantería siguiente, pasó el dedo otra vez, lomo tras lomo, y así recorrió toda la habitación. Al llegar a la ventana se detuvo y se quedó contemplando la oscuridad, el reflejo de las estanterías y su propia imagen reflejada en el cristal.

Es una de las imágenes que me han quedado de Hanna. Las tengo guardadas, puedo proyectarlas en una pantalla y contemplarlas, siempre invariables, sin señal de desgaste. A veces paso mucho tiempo sin traerlas a la mente. Pero siempre vuelven en algún momento, y entonces hay veces en que me veo forzado a proyectarlas y mirarlas repetidamente, una tras otra. Una es la de Hanna poniéndose las medias en la cocina. Otra es la de Hanna de pie delante de la bañera, sosteniendo la toalla con los brazos abiertos. Otra es la de Hanna en bicicleta, con la falda agitada por el viento. Luego está la de Hanna en el despacho de mi padre. Lleva un vestido a rayas azules y blancas, lo que por entonces se llamaba un traje camisero. Con ese vestido parece joven. Ha pasado el dedo por los lomos de los libros y se ha parado a mirar por la ventana. Ahora se vuelve hacia mí, lo bastante rápido para que la falda baile un instante en torno a sus piernas antes de volver a quedar lisa. Tiene la mirada cansada.

–¿Todos estos libros los ha escrito tu padre, o sólo los ha leído?

Yo conocía un libro de mi padre sobre Kant y otro sobre Hegel, los busqué, los encontré y se los enseñé.

–Léeme un poco. Va, chiquillo, por favor...

–No sé...

No me apetecía, pero tampoco quería contrariarla. Cogí el libro de mi padre sobre Kant y le leí un trozo, un pasaje sobre analítica y dialéctica, que ni ella ni yo entendimos.

–¿Tienes suficiente?

Me miró como si lo hubiera entendido todo, o como si diera lo mismo entender o no.

–¿Tú también escribirás libros de ésos cuando seas mayor?

Negué con la cabeza.

–¿Escribirás otros libros diferentes?

–No lo sé.

–¿Escribirás obras de teatro?

–No lo sé, Hanna.

Asintió con la cabeza. Luego nos comimos el postre y nos fuimos a su casa. Me habría gustado que durmiéramos juntos en mi cama, pero ella no quiso. Se sentía una intrusa en mi casa. No lo dijo con palabras, pero sí con su manera de estar en la cocina o en el hueco de la puerta, de ir de habitación en habitación, de recorrer los libros de mi padre y de sentarse a la mesa conmigo.

Le regalé el camisón de seda. Era de color morado, tenía unos tirantes muy finos que dejaban a la vista los hombros y los brazos, y le llegaba hasta los tobillos. Era una tela tornasolada y brillante. Hanna estaba contenta, reía, estaba radiante. Se miró de arriba abajo, se dio la vuelta, dio unos pasos de baile, se miró en el espejo, contempló brevemente su reflejo y siguió bailando. Ésa es otra imagen que me ha quedado de ella.

13

El inicio del curso escolar siempre me parecía como un corte en el tiempo. Y el paso de sexto a séptimo de bachillerato trajo consigo un cambio especialmente tajante. La dirección disolvió mi clase y la repartió entre los otros tres grupos del mismo curso. Como eran muchos los que no habían conseguido pasar a séptimo, se decidió fundir cuatro grupos pequeños en tres más numerosos.

Durante muchos años, el instituto al que yo iba sólo había admitido niños. Luego empezaron a admitir también niñas, pero al principio eran tan pocas, que no las repartieron por igual entre los grupos del mismo curso, sino que las asignaron a todas a uno solo; más tarde las repartieron en dos y luego en tres, hasta que llegaron a formar en cada uno de ellos una tercera parte del alumnado. En mi curso no había suficientes niñas para que a mi antigua clase le correspondiese alguna. Éramos el cuarto grupo, formado por niños exclusivamente. Y por eso mismo nos disolvieron a nosotros y no a los otros tres grupos.

No nos enteramos hasta el principio del nuevo curso. El director nos reunió en un aula para revelarnos que nos habían dividido y cómo habían decidido repartirnos. Junto a otros seis compañeros, me dirigí por los pasillos vacíos hasta la nueva aula. Nos sentamos en los pupitres que quedaban libres, yo en uno de la segunda fila. Eran pupitres individuales, pero emparejados y divididos en tres hileras. Yo estaba en la de en medio. A mi izquierda tenía a un compañero de mi antigua clase, Rudolf Bargen, un chico bastante grueso, tranquilo, buen jugador de ajedrez y hockey, con el que hasta entonces apenas me había relacionado, pero que pronto sería un buen amigo. A mi derecha, al otro lado del pasillo, estaban las chicas.

Mi vecina era Sophie. Tenía el pelo y los ojos castaños, estaba bronceada y tenía pelitos dorados en los brazos desnudos. Cuando me senté y eché una mirada a mi alrededor, me sonrió.

Le devolví la sonrisa. Me sentí bien, me hacía ilusión empezar el curso con aquel grupo nuevo y conocer chicas. Me había dedicado a observar a mis compañeros de sexto de bachillerato: hubiera o no chicas en su clase, les tenían miedo, las evitaban y se hacían los gallitos ante ellas o las alababan sin mesura. Yo, en cambio, conocía a las mujeres y sabía comportarme con tino y camaradería con ellas. Y eso a las chicas les gustaba. En mi nueva clase me llevaría bien con ellas, y de rebote también me ganaría el respeto de los chicos.

¿Le pasará lo mismo a todo el mundo? Cuando era joven me sentía siempre o demasiado seguro o demasiado inseguro. O bien me tenía por un ser totalmente incapaz, insignificante e inútil, o me creía un superdotado al que todo tenía que salirle bien por fuerza. Cuando me sentía seguro, conseguía superar las mayores dificultades, pero el más mínimo tropiezo bastaba para convencerme de mi inutilidad. Si recuperaba la seguridad, nunca era porque me esforzase en ello; ningún esfuerzo estaba a la altura del rendimiento que esperaba de mí mismo y la admiración que esperaba de los demás, y según cómo me sintiera, mis esfuerzos me parecían insuficientes o me enorgullecían. Con Hanna pasé muchas buenas semanas, a pesar de los continuos rechazos y humillaciones. Y así, también aquel verano, el de la nueva clase, empezó bien.

Veo ante mí el aula: en la parte delantera, a la derecha, la puerta; en la pared del mismo lado, el listón de madera con los colgadores; a la izquierda, una sucesión de ventanas por las que se veía el monte de Heiligenberg, y por las que en las pausas nos asomábamos a la calle, el río y los prados de la otra orilla; delante, la pizarra, el caballete para los mapas y los carteles y la mesa del profesor, con su silla, sobre la tarima de un palmo de altura. Las paredes estaban pintadas de amarillo hasta la altura de la cabeza, y por encima de blanco; del techo colgaban dos lámparas esféricas de vidrio esmerilado. No había en el aula nada superfluo, ni cuadros ni plantas, ni un solo pupitre sobrante, ni un armario con libros y cuadernos olvidados y tizas de colores. Cuando la dejábamos vagar, la mirada se nos iba por las ventanas o se detenía disimuladamente en algún compañero o compañera. Cuando se daba cuenta de que la miraba, Sophie se volvía y me sonreía.

–Berg, el hecho de que Sophie sea un nombre griego no es motivo para que estudie usted tan atentamente a su compañera durante la clase. ¡Traduzca!

Traducíamos la *Odisea*. Yo ya la había leído en alemán, y me gustaba y me sigue gustando. Cuando me tocaba el turno, me bastaban unos pocos segundos para orientarme y empezar a traducir. El profesor me había puesto en ridículo, y el resto de la clase lo celebró a carcajadas, pero si me quedé un momento sin habla no fue por eso. Nausica, igual a los mortales en figura y aspecto, Nausica, la doncella de pálidos brazos: ¿en quién la veía encarnada, en Hanna o en Sophie? No podían ser las dos al mismo tiempo.

14

Cuando se paran por avería los motores de un avión, eso no significa que se acabe el vuelo. Los aviones no caen del cielo como piedras. Los enormes aviones de pasajeros de cuatro motores pueden seguir planeando entre media hora y tres cuartos, hasta estrellarse al intentar aterrizar. Los pasajeros no se dan cuenta de nada. Volar con los motores parados produce la misma sensación que hacerlo con los motores en marcha. Hay menos ruido, pero no mucho menos: el aire que cortan el fuselaje y las alas hace más ruido que los motores. Llega un momento en que al mirar por la ventanilla se ve la tierra o el mar amenazadoramente cerca. Eso si las azafatas o los auxiliares no cierran las persianas de las ventanillas y ponen un vídeo. Quizá los pasajeros incluso se sientan mejor, al haber menos ruido.

El verano fue el vuelo sin motor de nuestro amor. O, mejor dicho, de mi amor por Hanna; de su amor por mí no sé nada.

Mantuvimos nuestro ritual de lectura, ducha, amor y reposo. Le leí *Guerra y paz*, con todas las digresiones de Tolstói sobre la historia, los grandes hombres, Rusia, el amor y el matrimonio; debieron de ser entre cuarenta y cincuenta horas. Y, como siempre, Hanna siguió atentamente el desarrollo de la narración. Pero ya no era como antes; ahora se reservaba sus juicios. Natacha, Andréi y Pierre no formaban parte de su mundo, como había sucedido con Luise y Emilia; ahora era ella quien entraba en el mundo de los personajes, con el asombro con que emprendería un largo viaje o penetraría en un palacio en el que se le permitía entrar y quedarse, con cuyas estancias llegaba a familiarizarse, sin por ello perder nunca del todo el recelo. Hasta entonces le había leído cosas que yo ya conocía. Pero *Guerra y paz* también era nueva para mí. Hicimos juntos el largo viaje.

Empezamos a ponernos nombres cariñosos. Ella ahora ya no me llamaba sólo chiquillo, sino también –con diferentes atributos y diminutivos– ranita, cachorro, joyita, rosa. Yo continuaba llamándola Hanna, hasta que un día me preguntó:

–Imagínate que me abrazas y cierras los ojos. ¿Qué animal es el primero que te viene a la cabeza?

Cerré los ojos y pensé en animales. Yacíamos pegados el uno al otro, con mi cabeza contra su cuello, mi cuello contra sus pechos, mi brazo izquierdo bajo su espalda, y el derecho bajo su trasero. Le acariciaba con los brazos y las manos la ancha espalda, los muslos duros, el trasero firme, y sentía también sus pechos y su vientre fuertemente pegados a mi cuello y mi pecho. Su piel era lisa y suave al tacto, y su cuerpo, debajo de la piel, se adivinaba lleno de energía y firmeza. Al posar la mano sobre su pantorrilla, sentí un movimiento rítmico de los músculos, como un estremecimiento. Eso me recordó el estremecimiento de la piel con que los caballos espantan a las moscas.

–Un caballo.

–¿Un caballo?

Se separó de mí, se incorporó y se me quedó mirando. En sus ojos había una expresión de horror.

–¿No te gusta?

Le expliqué mi asociación de ideas:

–Lo digo porque eres tan agradable de tocar, lisa y suave y al mismo tiempo firme y fuerte. Y porque te tiembla la pantorrilla.

Miró el movimiento de sus pantorrillas.

–Un caballo... –dijo, meneando la cabeza–. No estoy muy segura...

Aquello era extraño en ella. Normalmente era muy clara: las cosas le parecían bien o le parecían mal. Al ver la expresión de horror de su mirada, me dispuse, si hacía falta, a retirarlo todo, acusarme a mí mismo y pedirle perdón. Pero aquella vez era diferente, y sentí que podía negociar, defender la idea del caballo.

–Podría llamarte *cheval*, en francés, o potrillo, o Bucéfalo, o decirte arre, caballito. No pienses en las cosas feas de los caballos, como los dientes, o la calavera de un caballo muerto, o cosas así. Piensa en cosas bonitas, en lo que los caballos tienen de cálido, de suave, de fuerte. Tú no eres ningún conejito, ni ningún gatito. Podría llamarte tigresa, pero tú no tienes esos malos instintos de los felinos.

Se echó boca arriba, con los brazos cruzados por detrás de la nuca. Yo me incorporé y la miré. Hanna tenía la mirada perdida en el vacío. Al cabo de un momento volvió la cara y me miró con una expresión de singular ternura.

–Vale, de acuerdo, puedes llamarme caballo, o las otras palabras que me has dicho... ¿Me las explicas?

Una vez fuimos juntos al teatro en la ciudad vecina, a ver *Intriga y amor*. Era la primera vez que Hanna iba al teatro, y disfrutó de todo, desde la representación hasta la copa de champán en el entreacto. Le pasé el brazo por la cintura; me daba igual que la gente pensase que éramos una pareja muy rara. Y estaba orgulloso de que no me importase. Pero sabía muy bien que en el teatro de mi ciudad no me habría dado igual. ¿Lo sabía ella también?

Ella sabía que en verano mi vida no giraba sólo en torno a ella, la escuela y el estudio. Muchas veces, cada vez más a menudo, me pasaba por la piscina antes de ir a casa de Hanna por la tarde. Allí se reunían mis compañeras y compañeros de clase para hacer juntos los deberes, jugar a fútbol y a voleibol y a cartas, y también para ligar. Aquél era el escenario de la vida social de la clase, y para mí era muy importante formar parte de ella, participar. Según el turno de Hanna, unos días llegaba más tarde y otros me iba más temprano que los demás, pero eso no me desprestigiaba; al contrario, me hacía más interesante. Yo lo sabía. Y también sabía que no me estaba perdiendo nada, y sin embargo siempre tenía la sensación de que las cosas que valían la pena pasaban justo cuando yo no estaba. Durante mucho tiempo no me atreví a preguntarme si prefería estar en la piscina o con Hanna. Pero en julio, el día de mi cumpleaños, me prepararon una fiesta en la piscina, y tuve que insistir para que mis compañeros me dejaran marchar. Y cuando llegué a casa de Hanna, ella estaba agotada y me recibió de mal humor. No sabía que era mi cumpleaños. Cuando le pregunté a ella por el suyo, me dijo que era el 21 de octubre, pero no me preguntó cuándo era el mío. No estaba de peor humor que otras veces; simplemente estaba muy cansada. Pero me molestó su mal humor, y me dieron ganas de marcharme, de volverme a la piscina, con mis compañeras y compañeros de clase, de refugiarme en la liviandad de nuestras charlas, bromas, jugueteos y ligues.

Yo también reaccioné con mal humor y acabamos discutiendo. Entonces Hanna aplicó de nuevo su táctica de ignorarme. Me volvió el miedo a perderla, y me humillé y pedí disculpas hasta que se dignó aceptarme a su lado. Pero me sentía lleno de rencor.

15

Fue entonces cuando empecé a traicionarla.

No es que fuera por ahí contando sus secretos o po-
niéndola en evidencia. No revelé nada que hubiera que
mantener oculto. Al contrario: mantuve oculto lo que debería haber revelado. Me negué a admitir su existencia.
Sé que negar a alguien es un tipo más bien inofensivo de
traición. Desde fuera no se aprecia si uno está negando a
alguien o simplemente pretende ser discreto o considera-
do o sólo intenta evitar situaciones delicadas o molestas.
Pero el que niega a otro sabe muy bien lo que hace. Y negar una relación es una manera de socavarla tan grave
como otras formas de traición más espectaculares.

Ya no recuerdo cuándo negué a Hanna por primera
vez. Del contacto con los compañeros de clase en aquellas tardes de verano en la piscina fueron naciendo amis-
tades. Además de mi vecino de pupitre, al que ya conocía
del curso anterior, entre los nuevos apreciaba especialmente a Holger Schlüter, que compartía conmigo el gusto por la historia y la literatura, y no tardé en tener un
trato íntimo con él. También intimé pronto con Sophie,
que vivía unas pocas calles más allá de mi casa, por lo
que recorríamos juntos una parte del camino a la pisci-

na. Al principio no tenía todavía suficiente confianza con mis amigos para hablarles de Hanna. Pero luego, superado ya ese obstáculo, no encontré la ocasión adecuada, el momento adecuado, la palabra adecuada. Al final acabó siendo demasiado tarde para hablar de Hanna, para presentarla como si fuera otro secreto de adolescencia más. Pensé que si empezaba a hablar de ella entonces, después de haber callado tanto tiempo, todos pensarían, erróneamente, que yo me avergonzaba de mi relación con Hanna y tenía mala conciencia. Pero por más que intentara disfrazarlo, sabía muy bien que estaba traicionando a Hanna al fingir que contaba a mis amigos todo lo que era importante para mí, pero sin mencionarla a ella.

Ellos notaban que yo no era del todo sincero, y eso no mejoraba las cosas. Una tarde, mientras volvía a casa con Sophie, nos sorprendió una tormenta y nos refugiamos bajo el zaguán de una casa de campo del Neuenheimer Feld; por entonces todavía no se había instalado allí la universidad, y sólo había huertos y jardines. Tronaba y relampagueaba, el viento soplaba fuerte y caía una lluvia cerrada, con gruesas gotas. La temperatura bajó enseguida unos cinco grados. De repente tuvimos frío, y la rodeé con el brazo.

–Oye –dijo ella, sin mirarme; miraba a la lluvia.

–¿Sí?

–Has estado mucho tiempo enfermo, hepatitis, ¿verdad? ¿Es eso lo que te da tantos problemas? ¿Tienes miedo de no volver a ponerte bueno? ¿Qué te han dicho los médicos? ¿Tienes que ir cada día a la clínica, a que te hagan transfusiones, o algo así?

Hanna como enfermedad. Me avergoncé. Pero ahora sí que no podía hablar de ella.

–No, Sophie. Ya no estoy enfermo. Los análisis del hígado me salen bien. Me han dicho que dentro de un año ya podré beber alcohol si quiero, pero no quiero. Lo que me...

Tratándose de Hanna, no quería decir «me da problemas».

–No es por eso por lo que siempre llego tarde o me voy pronto; es por otra cosa.

–¿No tienes ganas de hablar de eso otro? ¿O a lo mejor sí quieres, pero no sabes cómo?

¿No tenía ganas, o no sabía cómo? Ni yo mismo lo sabía. Pero viéndonos allí, bajo los relámpagos, los truenos, que resonaban cercanos, y la lluvia, que caía ruidosamente, al vernos allí, pasando frío juntos, calentándonos un poco el uno al otro, tuve la sensación de que a Sophie, precisamente a ella, tenía que hablarle de Hanna.

–A lo mejor te lo cuento otro día.

Pero ese día no llegó nunca.

16

Nunca supe lo que hacía Hanna cuando no estaba ni trabajando ni conmigo. Se lo pregunté más de una vez, pero nunca me contestó. No teníamos un mundo común; ella se limitaba a concederme en su vida el espacio que le convenía. Y yo tenía que conformarme. Querer más, incluso querer saber más, constituía una insolencia por mi parte. A veces, cuando nos sentíamos felices juntos, me parecía que todo era posible, que todo estaba permitido, y entonces le preguntaba, y podía ser que ella, en vez de rechazar la pregunta, se limitara a esquivarla. «Preguntas mucho, chiquillo.» O me decía: «Siempre estás igual: Hanna esto, Hanna lo otro. Me vas a gastar el nombre.» O me recitaba: «Pues mira, tengo que barrer, tengo que fregar, tengo que lavar, tengo que planchar, tengo que comprar, tengo que hacer el desayuno, la comida y la cena y beberme un vaso de leche y meterme en la cama.»

Tampoco me la encontré nunca casualmente en la calle, o en una tienda, o en el cine. Decía que le gustaba mucho ir al cine, y durante los primeros meses insistí en que fuéramos juntos, pero ella no quería. A veces hablábamos de películas que habíamos visto los dos. En cuestión de cine, parecía tener los gustos más variopintos:

veía toda clase de películas, desde bélicas o folklóricas alemanas hasta la *nouvelle vague*, pasando por las del Oeste. A mí lo que me gustaba era todo lo que venía de Hollywood, fueran películas de romanos o de vaqueros. Había una del Oeste que nos gustaba especialmente; salía Richard Widmark en el papel de un sheriff que debe afrontar a la mañana siguiente un duelo que no tiene ninguna posibilidad de ganar; al anochecer llama a la puerta de Dorothy Malone, que le ha aconsejado huir, aunque él no le ha hecho caso. Ella abre la puerta. «¿Qué quieres? ¿Toda tu vida en una noche?» A veces, cuando yo llegaba rebosante de deseo, Hanna se burlaba de mí: «¿Qué quieres? ¿Toda tu vida en una hora?»

Sólo una vez vi a Hanna sin que hubiéramos quedado previamente. Fue a finales de julio o principios de agosto; en cualquier caso, pocos días antes de las vacaciones de verano.

Hacía días que Hanna estaba de un humor bastante raro, variable y despótico; era evidente que estaba sometida a una presión, que algo la torturaba terriblemente y la hacía más sensible y susceptible de lo habitual. Se la veía concentrada, ensimismada, como luchando para que la presión no la hiciera saltar por los aires. Le pregunté qué era lo que la atormentaba, pero me rechazó ásperamente. Yo no sabía qué hacer. No sólo me sentía rechazado, sino que también la veía a ella desamparada, e intenté ayudarla y al mismo tiempo dejarla en paz. Un día desapareció la tensión. Al principio pensé que Hanna volvía a ser la de siempre. Una vez acabado *Guerra y paz*, nos tomamos un tiempo antes de empezar con otro libro. Yo había prometido encargarme de buscar una nueva lectura, y aquel día le llevé varios libros para que escogiéramos uno.

Pero ella no quiso.

–Prefiero bañarte, chiquillo.

No fue el bochorno veraniego lo que se posó sobre mí como una pesada tela cuando entré en la cocina. Era el calentador, que estaba encendido. Hanna abrió el grifo, echó unas cuantas gotas de agua de lavanda y me lavó. No llevaba ropa interior, sólo un delantal azul claro con flores, que con aquel aire caliente y húmedo se le pegaba al cuerpo sudoroso. Me excitaba mucho. Cuando hicimos el amor, sentí como si Hanna quisiera arrastrarme a una esfera de sensaciones que iban más allá de todo lo que habíamos experimentado hasta entonces; como si quisiera llevarme hasta el límite de mi capacidad de aguante. También ella se entregó como nunca. No sin reservas; jamás dejó de tener reservas. Pero fue como si quisiera ahogarse conmigo.

–Y ahora vete con tus amigos.

Me despidió, y yo me fui. El calor envolvía las casas, yacía sobre los huertos y jardines y reverberaba sobre el asfalto. Me sentía aturdido. En la piscina, el griterío de los niños que jugaban y chapoteaban llegaba a mis oídos como desde muy lejos. Me encontraba en el mundo como si no formara parte de él ni él de mí. Me sumergí en el agua clorada y turbia y no sentí la necesidad de volver a asomar afuera. Me eché junto a los otros, les escuché y lo que decían me pareció ridículo y trivial.

En algún momento ese estado de ánimo se disipó. En algún momento, aquello se convirtió en una tarde normal en la piscina, con deberes por hacer, partido de voleibol, chismes y coqueteo. No me acuerdo en absoluto de lo que estaba haciendo cuando levanté la vista y la vi.

Estaba a unos veinte o treinta metros, con pantalones cortos y una blusa desabrochada, anudada en la cintura, y me miraba. Yo la miré a ella. A aquella distancia no pude interpretar la expresión de su cara. En vez de levantarme de un salto y echar a correr hacia ella, me quedé quieto preguntándome qué hacía ella en la piscina, si acaso quería que yo la viera, que nos vieran juntos, si quería yo que nos viesen juntos. Nunca nos habíamos encontrado casualmente y no sabía qué hacer. Y entonces me puse en pie. En el breve instante en que aparté la vista de ella al levantarme, Hanna se fue.

Hanna con pantalones cortos y blusa anudada a la cintura, mirándome con una cara que no consigo interpretar: otra imagen que me ha quedado de ella.

17

Al día siguiente Hanna no estaba. Llegué a la hora habitual y llamé al timbre. Miré a través del cristal de la puerta; todo estaba como de costumbre y se oía el tictac del reloj.

Una vez más me senté en los escalones. Al principio siempre estaba informado de los recorridos que le tocaban, aunque nunca volví a subirme al tranvía, ni intenté siquiera ir a buscarla a la salida del trabajo. Al cabo de un tiempo dejé de preguntarle, ya no me interesaba. Y hasta entonces no me había dado cuenta de ello.

Llamé a la compañía de tranvías desde la cabina telefónica de la Wilhelmsplatz, y tras hablar con varias personas supe que Hanna Schmitz no había ido a trabajar aquel día. Volví a la Bahnhofstrasse, pregunté en la carpintería del patio por el propietario de la casa y me dieron un nombre y una dirección de Kirchheim. Me fui para allá.

–¿Frau Schmitz? Se ha ido esta mañana.

–¿Y los muebles?

–Los muebles no son suyos.

–¿Cuánto tiempo hacía que vivía en el piso?

–¿Y a usted qué le importa?

La mujer cerró la abertura de la puerta por la que habíamos hablado.

En las oficinas de la compañía de tranvías pregunté por el departamento de personal y al fin conseguí hablar con el responsable, un hombre muy atento, preocupado por el asunto.

–Ha llamado esta mañana, con suficiente antelación para que pudiéramos buscar una sustituta, y ha dicho que no vendría más. Nunca más –dijo meneando la cabeza–. Hace quince días la tenía aquí sentada donde está usted, y le ofrecí hacer un cursillo para conductora. Y ahora lo echa todo por tierra.

Hasta al cabo de unos días no se me ocurrió ir al registro civil. Se había dado de baja para trasladarse a Hamburgo, sin dejar dirección de contacto.

Estuve enfermo varios días. Hice todo lo posible para disimular delante de mis padres y mis hermanos. En la mesa hablaba un poco y comía otro poco, y cuando me daban náuseas conseguía llegar al lavabo sin que se notase nada. Seguí yendo al instituto y a la piscina. Allí pasaba las tardes en un rincón apartado, donde nadie me buscaba. Mi cuerpo echaba en falta a Hanna. Pero el sentimiento de culpa era aún peor que el síndrome de abstinencia físico. ¿Por qué cuando la vi allí mirándome no me levanté enseguida y eché a correr hacia ella? Aquella brevísima escena se convirtió para mí en el símbolo de mi desinterés de los últimos meses, que me había hecho negarla y traicionarla. Y ella, para castigarme, se había ido.

A veces intentaba convencerme de que aquella mujer a la que había visto en la piscina no era ella. ¿Cómo podía estar seguro de que era Hanna, si no se le distinguía bien la cara? Si hubiera sido ella, por fuerza la habría reconocido, ¿no? Así pues, estaba claro que no podía ser ella.

Pero sabía muy bien que sí era Hanna. Ella, de pie, mirándome. Y ahora era demasiado tarde.

SEGUNDA PARTE

1

Después de marcharse Hanna de la ciudad, estuve un tiempo buscándola por todas partes, hasta que me acostumbré a que las tardes carecieran de forma, y hasta que pude ver un libro y abrirlo sin preguntarme si sería una buena lectura para Hanna. Pasó un tiempo hasta que mi cuerpo dejó de añorarla; a veces yo mismo me daba cuenta de que mis brazos y mis piernas la buscaban mientras dormía, y mi hermano contó más de una vez en la mesa que yo había llamado en sueños a una tal Hanna. También recuerdo haberme pasado clases enteras soñando con ella, pensando sólo en ella. Pero luego el sentimiento de culpa que me había atormentado en las primeras semanas se disipó. Empecé a evitar su casa, a tomar otros caminos, y al cabo de medio año mi familia se mudó a otro barrio. No olvidé a Hanna, desde luego, pero en algún momento su recuerdo dejó de acompañarme a todas partes. Quedó atrás, como queda atrás una ciudad cuando el tren sigue su marcha. Está allí, en algún lugar a nuestra espalda, y si hace falta puede uno coger otro tren e ir a asegurarse de que la ciudad todavía sigue allí. Pero ¿para qué hacer tal cosa?

Mis últimos años en el instituto y los primeros en la

universidad los recuerdo como una época feliz. Pero al mismo tiempo no tengo gran cosa que contar sobre ellos. Fueron años de pocas fatigas; la selectividad no fue un gran obstáculo para mí, y la carrera de Derecho, que había escogido por no saber qué otra escoger, tampoco era demasiado difícil; ni me costaba hacer amigos, relacionarme con mujeres o separarme de ellas; nada me parecía difícil. Todo era fácil, ligero.

Quizá por eso es tan pequeño el bagaje de recuerdos que guardo de aquella época. ¿O quizá es que lo quiero ver pequeño? También me pregunto si todos esos recuerdos felices son de verdad. Cuando profundizo un poco más con el pensamiento, empiezo a recordar bastantes episodios teñidos de vergüenza y dolor. Y también es cierto que había conseguido desterrar el recuerdo de Hanna, pero no borrarlo. Nunca más me dejaría humillar ni humillaría a nadie; nunca más haría sentirse culpable a nadie ni cargaría yo con las culpas; nunca más amaría tanto a una persona como para que me hiciera daño perderla: todas esas cosas no las pensaba claramente por entonces, pero las sentía con toda certeza.

Adopté una actitud de fanfarronería y superioridad; me esforzaba por mostrarme como alguien que no se dejaba afectar, conmover ni confundir por nada. No estaba dispuesto a hacer ninguna concesión, y recuerdo que despaché con arrogancia a un profesor que se había dado cuenta de mi actitud y me lo comentó.

También me acuerdo de Sophie. Poco después de marcharse Hanna, a Sophie le diagnosticaron tuberculosis. Se pasó tres años en el sanatorio y volvió justo cuando yo empezaba a ir a la universidad. Se sentía sola y buscaba la compañía de los amigos de antes, y no me resultó difícil metérmela en el bolsillo. Después de dormir juntos, se dio cuenta de que en realidad yo no estaba interesado en ella, y se echó a llorar y me dijo: «¿Qué te ha pasado, qué te ha pasado?» Y me acuerdo de mi abuelo, que en una de mis últimas visitas antes de su muerte quiso darme su bendición, y le expliqué que yo no creía en esas cosas, que para mí todo eso no tenía ningún valor. Se me hace difícil creer que después de comportarme de tal modo pudiera sentirme bien, pero es así. También recuerdo que ante cualquier pequeño gesto de cariño, fuera dirigido a mí o a otra persona, se me hacía un nudo en la garganta. A veces me bastaba con una escena de película. Aquella combinación de cinismo y sensibilidad me parecía sospechosa incluso a mí mismo.

2

Luego volví a ver a Hanna. En el Palacio de Justicia.

No era el primer juicio contra criminales de guerra, ni tampoco uno de los más importantes. El catedrático, uno de los pocos que por entonces trabajaban sobre el pasado nazi de Alemania y los procesos judiciales relacionados con él, lo escogió como tema de un seminario, con la intención de hacer un seguimiento del proceso y evaluarlo en su totalidad con ayuda de los estudiantes. Ya no me acuerdo de qué era lo que pretendía comprobar, confirmar o refutar. Sólo recuerdo que en el curso del seminario discutimos sobre el asunto de la prohibición de las penas retroactivas. La cuestión era: para condenar a los guardas y esbirros de los campos de exterminio, ¿bastaba con aplicar un artículo que estuviera recogido en el código penal en el momento de sus crímenes, o bien había que tener en cuenta el modo en que se entendía y aplicaba el artículo en el momento del juicio? ¿Qué pasaba si en aquella época esas personas no se consideraban afectadas por el artículo en cuestión? ¿Qué era la justicia? ¿Lo que decían los libros o lo que se imponía y aplicaba en la vida real? ¿O más bien lo que, independientemente de los libros, obligaba a cumplir el ordenamiento de la época? El catedrático, un señor mayor que había vuelto del exilio hacía algún tiempo y mantenía una actitud relativamente heterodoxa en cuestiones de jurisprudencia alemana, participaba en aquellas discusiones con toda su erudición y al mismo tiempo con la distancia de alguien que ya no cree en la erudición como instrumento para resolver los problemas.

–Fíjense en los acusados –decía–. No encontrarán ninguno que crea de verdad que en aquella época le estaba permitido asesinar.

El seminario empezó en invierno, y el proceso en la primavera siguiente. Duró muchas semanas. Las sesiones tenían lugar de lunes a jueves, y para cada uno de esos días el catedrático tenía previsto enviar al juzgado a un grupo de estudiantes encargados de levantar acta literal de la sesión. El viernes, durante la clase, revisábamos la información recopilada a lo largo de la semana.

La palabra clave era «revisión del pasado». Los estudiantes del seminario nos considerábamos pioneros de la revisión del pasado. Queríamos abrir las ventanas, que entrase el aire, que el viento levantara por fin el polvo que la sociedad había dejado acumularse sobre los horrores del pasado. Nuestra misión era crear un ambiente en el que se pudiera respirar y ver con claridad. Tampoco nosotros apostábamos por la erudición. Teníamos claro que hacían falta condenas. Y también teníamos claro que la condena de tal o cual guardián o esbirro de este u otro campo de exterminio no era más que un primer paso. A quien se juzgaba era a la generación que se había servido de aquellos guardianes y esbirros, o que no los había obstaculizado en su labor, o que ni siquiera los había marginado después de la guerra, cuando podría haberlo hecho. Y con nuestro proceso de revisión y esclarecimiento queríamos condenar a la vergüenza eterna a aquella generación.

Nuestros padres habían desempeñado papeles muy diversos durante el Tercer Reich. Algunos habían estado en la guerra, entre ellos dos o tres oficiales de la Wehrmacht y uno de las SS; otros habían hecho carrera en la judicatura y en la Administración; había médicos y profesores, y uno de nosotros tenía un tío que había sido alto funcionario del Ministerio del Interior. Estoy seguro de que tenían respuestas muy diferentes para las preguntas que les pudiéramos hacer, si es que se avenían a contestarlas. Mi padre no quería hablar de sí mismo. Pero yo sabía que había perdido su puesto de profesor universitario al anunciar un curso sobre Spinoza, por tratarse de un filósofo judío, y que durante la guerra se había mantenido a flote a sí mismo y a toda la familia trabajando en una editorial de mapas y guías para excursionistas. ¿Acaso tenía derecho a condenarlo a la vergüenza eterna? Y sin embargo lo hice. Todos nosotros condenamos a la vergüenza eterna a nuestros padres, aunque sólo pudiéramos acusarlos de haber consentido la compañía de los asesinos después de 1945.

Entre los estudiantes del seminario se creó una fuerte identidad de grupo. Los otros estudiantes empezaron a llamarnos «los del seminario de Auschwitz», y pronto nosotros mismos adoptamos ese nombre. A los otros no les interesaba lo que hacíamos; a muchos les parecía raro, y a algunos incluso les repugnaba. Ahora pienso que el entusiasmo con que descubríamos los horrores del pasado e intentábamos hacérselos descubrir a los demás era, en efecto, poco menos que repugnante. Cuanto más terribles eran los hechos sobre los que leíamos y oíamos hablar, más seguros nos sentíamos de nuestra misión esclarecedora y acusadora. Aunque los hechos nos helaran la sangre en las venas, los proclamábamos a bombo y platillo. ¡Mirad, mirad todos!

Yo me había matriculado en el seminario por pura curiosidad. Representaba una novedad: por una vez, nada de Derecho comercial, nada de culpas ni complicidades, nada de jurisprudencia medieval ni antiguallas de la filosofía del Derecho. Entré en el seminario con la misma fanfarronería y superioridad con que me movía por todas partes. Pero en el curso del invierno se me hizo cada vez más difícil mantenerme apartado tanto de los hechos que íbamos descubriendo, como del entusiasmo que nos invadió a todos los estudiantes del seminario. Al principio me empeñé en creer que sólo participaba del entusiasmo científico, o acaso también político y moral. Pero en realidad quería más, quería compartir el hecho mismo de estar entusiasmado, como los demás. Es posible que los otros continuaran viéndome como una persona distanciada y arrogante, pero durante aquellos meses de invierno tuve la agradable sensación de pertenecer a un grupo y tener la conciencia tranquila respecto a mí mismo y a mis actos y a quienes me acompañaban en ellos.

3

El juicio se celebraba en otra ciudad, a poco menos de una hora de distancia en coche. Yo normalmente nunca iba por allí. Un compañero se ofreció para conducir; se había criado en aquella ciudad y la conocía bien.

Era jueves. El juicio había empezado el lunes. Durante los tres primeros días se habían visto las recusaciones de los abogados defensores. Éramos el cuarto grupo, y el que iba a asistir al verdadero inicio del juicio: las declaraciones de los acusados.

Avanzábamos por la carretera de montaña, entre frutales en flor. Estábamos de un humor solemne y entusiasta: por fin íbamos a poner a prueba todo lo que habíamos aprendido. Nuestra asistencia al juicio iba más allá del mero hecho de mirar, escuchar y tomar nota de todo: íbamos a contribuir a la tarea de revisión del pasado.

El Palacio de Justicia era un edificio de principios de siglo, pero carente de la suntuosidad y el aire siniestro de los edificios de juzgados de aquella época. La sala de sesiones tenía a la izquierda una hilera de grandes ventanas, cuyo vidrio esmerilado impedía ver el exterior, pero dejaba entrar mucha luz. Delante de las ventanas estaban sentados los fiscales, de los que en los días claros de primavera y verano sólo se reconocía la silueta. El tribunal, formado por tres jueces con togas negras y seis jurados, estaba sentado al fondo de la sala, y a la derecha estaba el banco de los acusados y los defensores, que, debido a lo numeroso del grupo, había sido ampliado con mesas y sillas hasta llegar al centro de la sala, justo delante de las hileras del público. Algunos de los acusados y defensores estaban sentados de espaldas a nosotros. Era el caso de Hanna. No la reconocí hasta que la llamaron, se puso de pie y dio un paso adelante. Por supuesto reconocí el nombre de inmediato: Hanna Schmitz. Luego reconocí también la figura, la cabeza, que me resultaba extraña con el pelo recogido en un moño, la nuca, las anchas espaldas y los brazos robustos. Estaba muy erguida. Se mantenía firme sobre las dos piernas. Los brazos le colgaban relajados. Llevaba un vestido gris de manga corta. La reconocí, pero no sentí nada. No sentí nada.

Sí, prefería quedarse de pie. Sí, había nacido en Hermannstadt, actualmente Sibiu, Rumania, el 21 de octubre de 1922 y tenía cuarenta y tres años. Sí, había trabajado en la empresa Siemens en Berlín y había ingresado en las SS en 1943.

–¿Ingresó usted voluntariamente en las SS?

–Sí.

–¿Por qué?

Hanna no respondió.

–¿Es cierto que entró usted en las SS aunque en la empresa Siemens le habían ofrecido un puesto de encargada?

El abogado de Hanna se levantó de un salto.

–¿Qué significa ese «aunque»? ¿Se pretende insinuar que una mujer debería preferir ser encargada en la empresa Siemens a ingresar en las SS? No me parece justificable plantear semejante pregunta en relación con la decisión de mi defendida.

Se sentó. Era el único abogado joven; los demás eran todos viejos, y algunos, como se demostró pronto, antiguos nazis. El abogado de Hanna evitaba la jerga y las tesis de sus colegas. Pero hacía gala de un entusiasmo demasiado fogoso, que perjudicaba a su defendida no menos que las parrafadas nacionalsocialistas de los otros abogados a las suyas. Ciertamente, consiguió que el juez pareciera desorientado por un momento, y que retirase la pregunta. Pero no disipó la impresión de que Hanna había ingresado en las SS con plena conciencia y sin que nada la forzase a ello. Otro de los miembros del tribunal le preguntó a Hanna qué clase de trabajo había esperado encontrar en las SS, y ella replicó que las SS habían ido a Siemens, y también a otras empresas, a reclutar mujeres para trabajar como guardianas en los campos de concentración, y que ésa era la tarea para la que ella se había alistado y la que efectivamente le habían adjudicado. Pero eso no contribuyó a borrar la impresión negativa.

A preguntas del presidente, Hanna confirmó con monosílabos que había prestado servicios hasta la primavera de 1944 en Auschwitz y hasta el invierno siguiente en un campo más pequeño, cerca de Cracovia; que posteriormente se había puesto en camino en dirección oeste con los prisioneros; y que hacia finales de la guerra se instaló en Kassel y desde entonces había vivido en diferentes lugares. En mi ciudad se había quedado ocho años; era el periodo más largo que había pasado en un mismo lugar.

–¿Se pretende insinuar que el cambio frecuente de residencia implica el peligro de que mi defendida se fugue? –terció el abogado con indisimulada ironía–. Sepan entonces que cada vez que ha cambiado de residencia, mi clienta se ha dado de baja y de alta en el registro civil. No hay ningún motivo para pensar que vaya a huir, ni puede destruir pruebas, porque no las hay. El juez de primera instancia consideró, ante la gravedad del presunto delito y del peligro de perturbación del orden público, que mi defendida no podía quedar en libertad. Pero eso, señorías, es un razonamiento nazi. La costumbre de decretar la prisión incondicional en esos casos la introdujeron los nazis y después de los nazis fue anulada. Ya no existe.

El abogado se recreaba maliciosamente en sus palabras, como quien revela un picante secreto.

Me asusté. Me di cuenta de que me parecía natural y justo que le aplicaran a Hanna la prisión incondicional. No por la naturaleza de la acusación, por la gravedad del delito o por la verosimilitud de la sospecha, cosas de las que yo no estaba informado con exactitud, sino porque, mientras estuviera encerrada, Hanna estaría fuera de mi mundo, fuera de mi vida. Quería tenerla lejos, inalcanzable, para que siguiera siendo sólo el recuerdo en que se había convertido durante los últimos años. Si el abogado se salía con la suya, tendría que hacerme a la idea de encontrarme cara a cara con ella, y tendría que plantearme cómo quería, cómo debía actuar en tal caso. Y me parecía evidente que aquel hombre había de salirse con la suya. Si Hanna no había intentado huir hasta entonces, ¿por qué iba a hacerlo ahora? ¿Y qué pruebas podía destruir? En aquella época no había otros motivos para decretar la prisión incondicional.

El juez volvió a parecer desorientado, y empecé a comprender que ése precisamente era su truco. Cada vez que alguien hacía una afirmación que le parecía obstruccionista o molesta, se quitaba las gafas, proyectaba sobre la persona en cuestión una mirada miope e insegura y fruncía el ceño. Y a continuación hacía como si no hubiera oído nada, o bien decía: «O sea que según usted...» o «Si le entiendo bien, usted opina que...», y repetía la afirmación de una manera que dejaba bien claro que no estaba dispuesto a tomarla en consideración y que no valía la pena insistir en el asunto.

–O sea que, según usted, el juez de primera instancia no habría debido tener en cuenta que la acusada no ha respondido a ninguna de las citaciones que se le han enviado y no ha comparecido ante la policía, ni ante el fiscal ni ante el juez. Muy bien, ¿desea usted presentar una instancia para el levantamiento de la prisión incondicional?

El abogado presentó la instancia, y el tribunal la rechazó.

4

No me perdí ni un solo día del juicio. Los otros estudiantes no lo entendían. Al catedrático, en cambio, le parecía estupendo que uno de nosotros se encargara de informar al siguiente grupo de lo que había visto y oído el grupo anterior.

Hanna sólo miró una vez hacia el público y hacia mí. Normalmente, tras entrar en la sala acompañada de una agente de policía y ocupar su asiento, fijaba la vista en los bancos del tribunal y ya no la apartaba de allí. Aquello producía una impresión de arrogancia, igual que el hecho de que nunca hablase con las otras acusadas y apenas cruzase palabra con su abogado. Las otras acusadas, todo hay que decirlo, iban hablando también cada vez menos entre sí a medida que avanzaba el proceso. Durante las pausas se juntaban con sus parientes y amigos, y por la mañana, cuando los veían entre el público, les hacían gestos y les llamaban. Durante las pausas, Hanna se quedaba sentada en su asiento.

Así que yo siempre la veía de espaldas. Veía su cabeza, su nuca, sus hombros. Leía su cabeza, su nuca, sus hombros. Cuando hablaban de ella, erguía la cabeza aún más que de costumbre. Cuando creía que la trataban injustamente, la calumniaban o la atacaban, y sentía el deseo imperioso de replicar, echaba los hombros hacia adelante, y su nuca se hinchaba, haciendo resaltar la musculatura. Sus réplicas siempre eran en vano, y siempre acababa dejando caer los hombros. Nunca se encogía de hombros ni meneaba la cabeza en gesto de desaprobación. Estaba demasiado tensa como para permitirse ligerezas de ese tipo. Tampoco se permitía torcer la cabeza, dejarla caer o apoyarla en una mano. Parecía congelada. Estar sentado así tenía que ser por fuerza doloroso.

A veces algún mechón de pelo se escapaba del rígido moño, se rizaba, quedaba colgando y se balanceaba acariciando la nuca, movido por la corriente de aire. A veces Hanna llevaba un vestido lo suficientemente escotado para que se viera el lunar de la parte superior del hombro izquierdo. Entonces yo me recordaba soplando levemente los pelos de aquella nuca y besando aquella nuca y aquel lunar. Pero la memoria se limitaba a constatar. No sentía nada.

Durante las semanas que duró el juicio, no sentí nada; tenía los sentimientos embotados. A veces intentaba provocarlos: me esforzaba por imaginarme a Hanna con toda claridad haciendo las cosas de las que la acusaban, o evocaba los momentos que el pelo de su nuca y el lunar de su hombro me traían a la memoria. Era como cuando la mano pellizca un brazo adormecido por la anestesia. El brazo no sabe que la mano lo está pellizcando, la mano sí sabe que está pellizcando el brazo, y en el primer momento el cerebro no consigue diferenciar ambas cosas. Pero en el momento siguiente ya las diferencia. Quizá la mano ha pellizcado tan fuerte que la zona queda lívida durante unos instantes. Luego la sangre vuelve, y la zona recupera su color. Pero sigue siendo insensible.

¿Quién me había puesto la anestesia? ¿Quizá yo mismo, sabiendo que para aguantar aquello necesitaba un cierto grado de aturdimiento? Ese estado me acompañaba también a la salida del Palacio de Justicia, y me sugería que era otra persona la que había amado y deseado a Hanna, alguien a quien yo conocía bien, pero que no era yo. Y no sólo eso: en todos los demás aspectos también me sentía fuera de mí mismo. Me observaba, me veía funcionar en la universidad y en la relación con mi familia y con mis amigos, pero en mi interior no me sentía implicado.

Al cabo de un tiempo creí observar también en otras personas un estado de aturdimiento semejante. No en los abogados, que mantuvieron durante todo el juicio su aire insolente y pendenciero, su puntillosa acritud, incluso su ruidoso e impertinente cinismo, según cuál fuera su temperamento personal y político. El juicio los dejaba agotados, y por la tarde se les veía más cansados, o a veces más irritables. Pero por la noche reparaban energías o se envalentonaban, y a la mañana siguiente bramaban o chirriaban igual que lo habían hecho el día anterior. Los fiscales procuraban no quedarse atrás y demostrar día tras día el mismo grado de combatividad. Pero no lo conseguían, primero porque el objeto y los resultados del juicio les horrorizaban demasiado, y luego porque el aturdimiento empezaba a hacer efecto también en ellos. Quienes daban muestras más claras de sufrirlo eran los jueces y los jurados. En las primeras semanas del juicio, los horrores que se narraban o confirmaban, a veces con lágrimas, a veces con voz entrecortada, a veces con atormentamiento o trastorno, producían en ellos una visible perturbación o les parecían inconcebibles. Pero luego las caras recuperaron su expresión normal, y unos y otros empezaron a susurrarse cosas al oído con una sonrisa o a mostrar amagos de impaciencia cuando un testigo se iba un poco por las ramas. Al mencionarse la posibilidad de viajar a Israel para tomar declaración a una testigo, se notó que el viaje les ilusionaba. Los que siempre acababan horrorizados eran mis compañeros de curso. Cada grupo venía sólo una vez a la semana, y cada vez vivían la irrupción del horror en la vida cotidiana. Yo, presente en las sesiones día tras día, observaba sus reacciones con distanciamiento.

Como el interno de un campo de exterminio que, tras sobrevivir mes a mes, se acostumbra a la situación y observa con indiferencia el espanto de los que acaban de llegar. Que lo observa con el mismo estado de embrutecimiento con que percibe el asesinato y la muerte. Todos los supervivientes que han narrado por escrito sus experiencias hablan de ese embrutecimiento, en el que las funciones de la vida quedan reducidas a su mínima expresión, el comportamiento se vuelve indiferente y desaparecen los escrúpulos, y el gaseo y la cremación se convierten en hechos cotidianos. También los criminales, en sus escasos relatos, presentan las cámaras de gas y los hornos crematorios como su entorno de cada día, y ellos mismos se pintan reducidos a unas pocas funciones, como embrutecidos o embriagados en su falta de escrúpulos y su indiferencia, en su embotamiento. Las acusadas me parecían presas todavía, y para siempre, de ese embrutecimiento, como petrificadas en él.

Ya por entonces, cuando me llamaba la atención ese aturdimiento, y especialmente el hecho de que no afectara sólo a los criminales y a las víctimas, sino también a nosotros –los jueces, jurados, fiscales o meros espectadores encargados de levantar acta, involucrados a posteriori–, cuando comparaba entre sí a los criminales, las víctimas, los muertos, los vivos, los supervivientes y los nacidos más tarde, no me sentía bien, ni me siento bien ahora tampoco. ¿Es lícito hacer tales comparaciones? Cuando, conversando con alguien, intentaba establecer comparaciones de ese tipo, siempre me curaba en salud recalcando que no pretendía relativizar la diferencia entre haber sido forzado a entrar en el mundo de los campos de exterminio o haber entrado en él voluntariamente, entre haber sufrido o haber hecho sufrir, sino que, al contrario, la diferencia me parecía de enorme importancia y totalmente decisiva. Pero la reacción de mis interlocutores siempre era de extrañeza o indignación, por más que me anticipara a su réplica con esas explicaciones.

Al mismo tiempo me pregunto algo que ya por entonces empecé a preguntarme: ¿cómo debía interpretar mi generación, la de los nacidos más tarde, la información que recibíamos sobre los horrores del exterminio de los judíos? No podemos aspirar a comprender lo que en sí es incomprensible, ni tenemos derecho a comparar lo que en sí es incomparable, ni a hacer preguntas, porque el que pregunta, aunque no ponga en duda el horror, sí lo hace objeto de comunicación, en lugar de asumirlo como algo ante lo que sólo se puede enmudecer, presa del espanto, la vergüenza y la culpabilidad. ¿Es ése nuestro destino: enmudecer presa del espanto, la vergüenza y la culpabilidad? ¿Con qué fin? No es que hubiera perdido el entusiasmo por revisar y esclarecer con el que había tomado parte en el seminario y en el juicio; sólo me pregunto si las cosas debían ser así: unos pocos condenados y castigados, y nosotros, la generación siguiente, enmudecida por el espanto, la vergüenza y la culpabilidad.

5

En la segunda semana se procedió a la lectura de la acusación. La lectura duró un día y medio: un día y medio de tecnicismos jurídicos. La acusada número uno fue vista en compañía de... Igualmente se la acusa de infringir el artículo tal de la ley de cual... Incurrió en tal cosa y en tal otra, por lo cual recae sobre ella la responsabilidad fijada por el artículo de más allá... Cometió este o aquel acto culposo... Hanna era la acusada número cuatro.

Las cinco acusadas eran guardianas de un pequeño campo de concentración situado cerca de Cracovia, adonde las habían trasladado en la primavera de 1944 para sustituir a otras guardianas muertas o heridas a causa de una explosión en la fábrica donde trabajaban las internas del campo. Uno de los puntos de la acusación hacía referencia a su comportamiento en Auschwitz, aunque en un segundo plano con respecto a los demás puntos. No recuerdo de qué se trataba. ¿Quizá era algo que no afectaba a Hanna, sino sólo a las otras? ¿O quizá era de menor importancia, aunque fuera en comparación con los demás puntos? ¿Quizá era que no había tribunal capaz de resistir la tentación de acusar a cualquier persona que hubiese estado en Auschwitz, sobre todo aprovechando que la tenía delante?

Por supuesto, no eran las acusadas quienes mandaban en el campo. Había un comandante, varias compañías de soldados y otras guardianas. Pero la mayoría de ellos no sobrevivieron a las bombas que pusieron fin una noche a la marcha de los prisioneros hacia el oeste. Otros se dieron a la fuga aquella misma noche, y estaban ilocalizables, igual que el comandante, que se había volatilizado nada más empezar la marcha.

Se suponía que ninguna de las prisioneras había sobrevivido al bombardeo nocturno. Pero en realidad había dos supervivientes, madre e hija, y la hija había escrito y publicado en Estados Unidos un libro sobre el campo de concentración y la marcha hacia el oeste. La policía y la fiscalía habían localizado no sólo a las cinco acusadas, sino también a unos cuantos testigos que vivían en el pueblo en el que las bombas interrumpieron la marcha hacia el oeste. Los testigos más importantes eran la hija, que había venido a Alemania para el juicio, y la madre, que se había quedado en Israel. Para tomar declaración a la madre, los miembros del tribunal, los fiscales y los defensores viajaron a Israel; fue la única parte del juicio que me perdí.

El primer punto principal de la acusación hacía referencia a las selecciones que se llevaban a cabo en el campo. Cada mes llegaban de Auschwitz unas sesenta mujeres, y debían enviarse de vuelta otras tantas, descontando las que hubieran muerto. Todos sabían perfectamente que las mujeres que volvían a Auschwitz eran asesinadas nada más llegar; se enviaba de vuelta a las que ya no servían para trabajar en la fábrica. Era una fábrica de munición, que en sí no era un trabajo demasiado duro, pero las mujeres no fabricaban munición, sino que se dedicaban a la reconstrucción de la nave, que había quedado muy dañada en la explosión de la primavera anterior.

El otro punto principal de la acusación estaba relacionado con el bombardeo nocturno que acabó con todo. Aquella noche, al llegar a un pueblo medio abandonado, los soldados y las guardianas encerraron en la iglesia a las prisioneras, varios centenares de mujeres. Cayeron sólo unas pocas bombas, quizá dirigidas en principio a la línea de ferrocarril cercana, o lanzadas simplemente porque habían sobrado del ataque a una ciudad más grande. Una de las bombas cayó en la casa del párroco, en la que dormían los soldados y las guardianas. Otra acertó en el campanario. Primero ardió el campanario, luego el tejado, y después el armazón del tejado se vino abajo en llamas sobre el interior de la iglesia y el fuego se extendió a la sillería. Las gruesas puertas no cedieron. Las acusadas pudieron haberlas abierto. Pero no lo hicieron, y las mujeres encerradas en la iglesia murieron quemadas.

6

Las cosas no podían ir peor para Hanna. Ya en el interrogatorio previo causó una mala impresión al tribunal. Tras la lectura de la acusación, pidió la palabra para quejarse de una inexactitud; sin embargo el juez la reconvino recordándole que había tenido tiempo para estudiar a fondo la acusación y hacer todas las objeciones que quisiera, pero que ya se había iniciado el juicio oral y sólo las pruebas aportadas por las partes indicarían qué cosas eran ciertas y cuáles no. Cuando empezó el examen de las pruebas, el juez propuso renunciar a la lectura de la versión alemana del libro de la hija, ya que el manuscrito, que estaba siendo preparado para su publicación por una editorial alemana, había sido puesto a disposición de todos los implicados; pero Hanna no estaba de acuerdo, y su abogado tuvo que convencerla, bajo la mirada irritada del juez, de que diera su conformidad. No quería.

Tampoco admitía haber reconocido, en una declaración anterior ante el juez, que ella tuviera la llave de la iglesia. Es más, decía ahora: nadie la tenía; ni siquiera existía «la llave de la iglesia», sino varias, una para cada puerta, y estaban metidas en los cerrojos. Pero no era eso lo que decía el acta de su declaración ante el juez, que ella había leído y firmado, y Hanna empeoró todavía más las cosas al preguntar por qué querían cargarle con una culpa que no era suya. No levantó la voz, ni preguntó con impertinencia, pero sí con terquedad; y me pareció que también con una confusión y un desconcierto que se palpaban en su cara y en su voz. Sólo quería quejarse de que estuvieran culpándola de algo de lo que no era culpable, y no pretendía ni mucho menos acusar al juez de prevaricación, pero éste lo entendió así y reaccionó con dureza. El abogado de Hanna se levantó de un salto y protestó enérgica y atropelladamente, pero al preguntarle el juez si se adhería al reproche de su defendida, volvió a sentarse.

Hanna quería dejar las cosas claras. Cuando creía que la trataban injustamente, contradecía al tribunal; en cambio, admitía las acusaciones que consideraba justificadas. Contradecía con terquedad y admitía sin empacho, como si al admitir se ganara el derecho a contradecir, o como si al contradecir contrayera la obligación de admitir las acusaciones que se le hacían legítimamente. Pero no se daba cuenta de que su terquedad enojaba al juez. No era consciente del contexto, de las reglas de juego, del mecanismo por el cual todo lo que decía, y todo lo que decían las otras acusadas, se convertía en un factor en favor o en contra de su inocencia, en favor de su condena o de su absolución. Para compensar esa inconsciencia habría necesitado un abogado más experto y seguro de sí mismo, o, simplemente, un abogado mejor. Pero, desde luego, también era cierto que Hanna le estaba poniendo las cosas difíciles; era evidente que no se fiaba de él, pero de hecho tampoco había querido escoger un abogado de confianza. Era un defensor de oficio, designado por el juez.

A veces Hanna tenía algo parecido a pequeños éxitos.

Recuerdo cuando la interrogaron acerca de las selecciones que se llevaban a cabo en el campo. Las otras acusadas negaban haber participado en ellas en ningún momento. En cambio, Hanna sí admitió haberlo hecho, no
ella sola, pero sí en el mismo grado que todas las demás,
y lo admitió tan de buen grado, que el juez creyó oportu-
no entrar en detalle en el asunto.

–¿Cómo se efectuaban las selecciones?

Hanna explicó que las guardianas tenían a su cargo
seis grupos del mismo número de prisioneras, y habían
acordado seleccionar cada una la misma cantidad de prisioneras, diez por grupo, en total sesenta; pero cuando en
un grupo había pocas enfermas y en otro muchas, podía
ser que las cifras divergieran, por lo que en último térmi-
no todas las guardianas de turno decidían conjuntamente
a quién había que enviar de regreso a Auschwitz.

–¿Ninguna de ustedes se negó a participar? ¿Actuaron
todas de común acuerdo?

–Sí.

–¿No sabían que enviaban a las prisioneras a la muerte?

–Sí lo sabíamos, pero cada mes nos mandaban prisioneras nuevas, y había que hacer sitio.

–¿Así que, para hacer sitio, ustedes decían: Tú, tú y tú
os volvéis a Auschwitz para que os maten?

Hanna no entendió lo que el juez quería decir con
aquella pregunta.

–Bueno, yo... O sea... A ver, ¿qué habría hecho usted
en mi lugar?

Hanna lo preguntaba en serio. No se le ocurría qué
otra cosa debía o podía haber hecho, y quería que el juez,
que parecía saberlo todo, le dijera qué habría hecho él.

Por un momento se hizo el silencio. En los usos judiciales alemanes no está previsto que los acusados hagan
preguntas a los jueces. Pero ahora la pregunta ya estaba

planteada, y todos esperábamos la respuesta del juez. Tenía que contestar; no podía pasar por alto la pregunta o borrarla con un reproche o con otra pregunta en tono de reconvención. Todos nos habíamos dado cuenta, él mismo también, y entonces comprendí por qué utilizaba el truco de adoptar una expresión de desconcierto. Esa expresión era su máscara. Oculto tras ella, podía ganar un poco de tiempo para encontrar una respuesta. Pero no podía demorarse demasiado; cuanto más tardara, más crecerían la tensión y la expectación, y más convincente tendría que ser la respuesta.

–Hay cosas en las uno no debe mezclarse, y que uno debe negarse a hacer a menos que le cueste la vida.

Quizá le habría bastado con decir lo mismo pero hablando de Hanna o incluso de sí mismo. Pero hablar de lo que uno debe o no debe hacer, o de lo que le puede costar algo a uno, no estaba a la altura de la seriedad de la pregunta de Hanna. Ella quería saber qué debería haber hecho en su situación, no que le contaran que hay cosas que no deben hacerse. La respuesta del juez pareció torpe y penosa. Todos lo sintieron así. La sala reaccionó con un suspiro decepcionado y miró sorprendida a Hanna, que en cierto modo había vencido en aquel combate de esgrima dialéctica. Pero ella estaba sumida en sus pensamientos.

–Entonces, ¿debería... no debería... no debería haberme alistado cuando estaba en Siemens?

La pregunta no iba dirigida al juez. Hablaba consigo misma, se preguntaba a sí misma, vacilante, porque todavía no se había planteado la pregunta, y dudaba de que fuera la pregunta correcta, y de cuál podía ser la respuesta.

7

La misma terquedad que irritaba al juez cuando Hanna le llevaba la contraria, irritaba a las otras acusadas cuando le daba la razón, pues era desastrosa para su causa. Pero también para la de Hanna.

En realidad no había pruebas suficientes para acusarlas. Las únicas que apoyaban el primer punto principal de la acusación eran el testimonio de las supervivientes y el libro que había escrito la hija. Una buena defensa habría podido negar de manera convincente, sin alterar en lo sustancial las declaraciones de madre e hija, que hubieran sido precisamente las acusadas las encargadas de llevar a cabo las selecciones. Las declaraciones de los testigos no eran lo bastante precisas, ni podían serlo; al fin y al cabo, había un comandante, compañías de soldados, otras guardianas y toda una jerarquía de tareas y disciplina de la que las prisioneras sólo veían una parte, y por lo tanto no podían conocer al completo. Algo parecido podía aplicarse al segundo punto de la acusación. En el momento de los hechos, la madre y la hija estaban encerradas dentro de la iglesia y no podían saber qué pasaba fuera. Las acusadas, desde luego, no podían afirmar que no estaban allí, ya que los otros testigos, los habitantes del pueblo, habían hablado con ellas y las recordaban. Pero esos otros testigos tenían razones para andarse con cuidado, no fuera a ser que les acusasen también a ellos de no haber hecho nada por salvar a las prisioneras. Si allí sólo quedaban unas pocas guardianas, ¿qué les habría costado a los aldeanos reducir a un puñado de mujeres y abrir las puertas de la iglesia? No tenían más remedio que coincidir con la defensa en que las acusadas se habían visto forzadas a actuar como lo hicieron, lo cual, si era cierto, los exculpaba a unos y a otros. Al fin y al cabo, estaban bajo la opresión o bajo las órdenes de los soldados, que, según la defensa, todavía no habían huido, o bien, como afirmaban las acusadas, no tardarían en volver, pues sólo habían salido para llevar a los heridos a un hospital de campaña.

Cuando los abogados de las otras acusadas se dieron cuenta de que Hanna echaba por tierra sus argumentos al admitir la verdad, cambiaron de estrategia. Aprovecharían la actitud de Hanna para convertirla en única culpable y descargar a las otras acusadas. Lo hicieron con una frialdad muy profesional. Las acusadas, en cambio, los secundaron con arrebatos de indignación.

–Dice usted –le preguntó a Hanna el abogado de otra de las acusadas– que sabía que enviaba a las prisioneras a la muerte. Pero usted sólo puede hablar por sí misma, ¿no? Usted no puede saber lo que sabían sus compañeras. Puede suponerlo, pero, a fin de cuentas, no puede juzgarlo, ¿no?

–Pero es que todas nosotras sabíamos...

–Decir «nosotras» o «todas nosotras» es más fácil que decir «yo» o «sólo yo», ¿verdad? ¿No es cierto que usted, y sólo usted, tenía sus protegidas en el campo, chicas jóvenes, cada una durante una temporada, y luego otra, y así sucesivamente?

Hanna vaciló.

–Me parece recordar que yo no era la única que...

–¡Mentira podrida! ¡Tú eras la única que tenía favoritas! –profirió, visiblemente exaltada, otra de las acusadas, una mujer grosera, con un aspecto de apacible gallina clueca y al mismo tiempo una lengua viperina.

–¿No puede ser que esté usted diciendo que «sabía» cosas que, como mucho, sólo podía suponer, y «suponiendo» cosas que en realidad se saca de la manga?

El abogado meneó la cabeza cariacontecido, como si Hanna hubiera respondido ya afirmativamente a su pregunta.

–¿No es cierto también que todas sus protegidas, cuando usted se hartaba de ellas, iban a parar a Auschwitz en el siguiente envío?

Hanna no contestó.

–Ésa era su parte personal de la selección, ¿verdad? Usted se niega a reconocerlo y pretende disimular acusando a las demás de haber hecho lo mismo. Pero en realidad...

–¡Dios mío! –exclamó de pronto, tapándose la cara con las manos, la hija, que después de declarar se había instalado entre el público–. ¿Cómo he podido olvidarme?

El juez le preguntó si quería ampliar su declaración. Sin esperar a que la hicieran salir al estrado, se puso de pie y habló desde su sitio entre el público.

–Sí, tenía favoritas, siempre alguna de las más jóvenes, alguna chica débil y delicada. Las ponía bajo su protección y se encargaba de que no tuvieran que trabajar, las alojaba en sitios más cómodos y las alimentaba y las mimaba, y por la noche se las llevaba a su habitación. Les tenía prohibido contar lo que hacían con ella por la noche, y todas pensábamos que... Estábamos convencidas de que se divertía con ellas y luego, cuando se cansaba, las metía en el siguiente envío. Pero no era así; un día, una de las chicas habló, y nos enteramos de que sólo las obligaba a leerle libros, noche tras noche. No era tan malo como nos lo habíamos imaginado... Y también era mejor que tenerlas en la obra trabajando hasta reventar; debí de pensar que era mejor, si no no se me habría olvidado tan fácilmente. Pero ahora me pregunto si de verdad era mejor.

Y se sentó.

Entonces Hanna se volvió y me miró. Su mirada me localizó de inmediato, y comprendí que ella había sabido todo el tiempo que yo estaba allí. Se limitó a mirarme. Su cara no pedía nada, no reclamaba nada, no afirmaba ni prometía nada. Se mostraba, eso era todo. Me di cuenta de lo tensa y agotada que estaba. Tenía ojeras, y las mejillas cruzadas de arriba abajo por una arruga que yo no conocía, que aún no era honda, pero ya la marcaba como una cicatriz. Al verme enrojecer, apartó la mirada y volvió a fijarla en el tribunal.

El juez se dirigió al abogado que acababa de interrogar a Hanna y le dijo si tenía más preguntas. También se lo preguntó al abogado de Hanna. Pregúntale, pensé. Pregúntale si escogía a las chicas más débiles y delicadas porque sabía que no resistirían el trabajo en la obra y de todos modos iban a volver a Auschwitz en el siguiente envío, y ella quería hacerles más grato el último mes de su vida. Díselo, Hanna. Diles que querías hacerles más grato el último mes de su vida. Diles que por eso escogías precisamente a las más delicadas y débiles. Que no había ningún otro motivo ni podía haberlo.

Pero el abogado no preguntó nada, y Hanna también calló.

8

La versión alemana del libro de la hija sobre su paso por los campos de exterminio no apareció hasta acabado el juicio. De hecho, el manuscrito ya estaba listo, pero sólo se les había facilitado a los implicados en el proceso. Yo tuve que leer el libro en inglés, algo que por entonces todavía era para mí una empresa inusual y trabajosa. Y, como siempre que se lee en una lengua extranjera que no se domina y con la que hay que pelearse, el resultado fue una extraña combinación de distancia y cercanía. Uno se esfuerza en profundizar todo lo posible en el texto, pero no consigue hacerlo suyo. Sigue siendo extraño, lo mismo que la lengua en que está escrito.

Años más tarde volví a leerlo y descubrí que esa distancia está en el libro mismo. No invita al lector a identificarse con nadie, y no pinta con rasgos amables a ningún personaje, ni a la madre y la hija ni a las personas con las que ambas compartieron su destino en diferentes campos de concentración, y finalmente en Auschwitz y en las afueras de Cracovia. En cuanto a las jefas de barracón, las guardianas y los soldados, no les imprime suficiente carácter y perfil como para que el lector pueda definirse respecto a ellos o juzgarlos con mayor o menor severidad. El libro está embebido en ese embrutecimiento que ya he intentado describir. Pero el embrutecimiento no hizo perder a la hija la capacidad de anotar y analizar lo que había visto. Y tampoco se dejó corromper por la autocompasión ni por el orgullo que evidentemente le producía el haber sobrevivido a aquellos años en los campos de exterminio y haber sido capaz no sólo de superarlos, sino de plasmarlos literariamente. Al hablar de sí misma no oculta su comportamiento de adolescente prematuramente desengañada y, cuando hacía falta, taimada, y lo describe con la misma sobriedad que aplica a todo lo demás.

Hanna no aparece mencionada en el libro con su nombre, ni siquiera como personaje mínimamente identificable. A veces creí reconocerla en una guardiana que la autora describe como una mujer joven, guapa y de una «escrupulosidad sin escrúpulos» en el cumplimiento del deber. Pero no estaba seguro. De entre todas las acusadas, estaba claro que sólo Hanna coincidía con la descripción. Pero ellas no habían sido las únicas guardianas. La hija cuenta que aquella mujer le recordaba a otra guardiana que había conocido en uno de los campos, también joven, guapa y concienzuda, pero cruel e incapaz de dominarse, a la que llamaban «la yegua». Quizá la hija no fuera la única persona que había notado el parecido. Y quizá Hanna lo sabía, lo recordaba y por eso se había sentido molesta cuando la comparé con un caballo.

El campo de las afueras de Cracovia fue para madre e hija la última etapa después de Auschwitz. Fue un cambio para mejor. El trabajo era duro, pero no tanto como en Auschwitz; se comía mejor; y también era preferible dormir con seis mujeres más en una habitación a compartir un barracón con un centenar. Además, las prisioneras no pasaban tanto frío, gracias a la leña que recogían en el camino de la fábrica al campo. Existía, desde luego, el temor a las selecciones. Pero tampoco ese miedo era tan intenso como en Auschwitz. Cada mes enviaban de vuelta allí a sesenta mujeres, sesenta de un total de unas mil doscientas, así que quien estuviera mínimamente dotada para resistir el trabajo podía contar con una esperanza de vida de unos veinte meses, y siempre cabía la posibilidad de tener más fuerzas que la mayoría. Además, podía ser que la guerra se acabase antes de esos veinte meses.

El desastre empezó cuando el personal del campo recibió la orden de desmantelarlo e iniciar la marcha hacia el oeste. Era invierno y nevaba. Con la ropa que tenían, las prisioneras pasaban mucho frío en la fábrica, aunque no tanto en el campo; pero desde luego aquella ropa era insuficiente para una marcha de muchos kilómetros. Sin embargo, lo peor era el calzado, que en muchos casos se limitaba a unos trapos envueltos en papel de periódico y atados de modo que aguantaban las caminatas, pero de ningún modo una larga marcha por la nieve y el hielo. Además, las mujeres no caminaban: las hacían correr. «¿Marcha de la muerte?», se preguntaba la hija en el libro. «No: trote de la muerte, galope de la muerte.» Muchas se desplomaron por el camino, otras no se levantaban después de pasar la noche en un pajar o recostadas contra una pared. Al cabo de una semana habían muerto casi la mitad.

Dormir en la iglesia era preferible a hacerlo en un pajar o contra una pared. Cuando se quedaban a pasar la noche en alguna granja abandonada, los soldados y las guardianas se instalaban en la vivienda. En aquel pueblo poco menos que abandonado, escogieron la casa del párroco, y las prisioneras encontraron, por una vez, un refugio mejor que un pajar o una mera pared. Esto, sumado al hecho de que en el pueblo les dieron sopa caliente, les hizo ver más cercano el fin de sus padecimientos. Y se durmieron. Poco después cayeron las bombas. Al principio el fuego afectó sólo al campanario, y las mujeres encerradas lo oían, pero no lo veían. Cuando la aguja del campanario se desprendió y cayó sobre el tejado de la iglesia, pasaron unos cuantos minutos hasta que se hizo visible el resplandor del fuego. Y entonces empezaron a llover llamas que prendieron las ropas de las mujeres; las vigas en llamas, al desplomarse, incendiaron los bancos y el púlpito, y al cabo de poco rato el tejado se vino abajo sobre la nave y todo empezó a arder como una tea.

Según la hija, las mujeres podrían haberse salvado si hubieran unido sus fuerzas desde el primer momento para forzar una de las puertas. Pero cuando se dieron cuenta de lo que había pasado, de lo que iba a pasar y de que no les iban a abrir las puertas, era ya demasiado tarde. Cuando las despertó el impacto de la bomba, era noche cerrada. Durante un rato sólo oyeron un ruido extraño y amenazador que provenía del campanario, y guardaron silencio para poder oírlo e interpretarlo mejor. Hasta que el tejado empezó a arder visiblemente no comprendieron que aquel ruido era la crepitación y el chisporroteo de un fuego; que lo que de vez en cuando se agitaba tras las ventanas, iluminándolas, era el resplandor de las llamas; que el golpe que oyeron por encima de sus cabezas significaba que el fuego se extendía del campanario al tejado. Lo comprendieron y empezaron a chillar horrorizadas, a pedir socorro a gritos, y se arrojaron sobre las puertas, sacudiéndolas, golpeándolas, chillando sin parar.

Cuando el tejado en llamas se precipitó sobre la nave, los muros de la iglesia envolvieron el fuego como las paredes de un horno. La mayoría de las mujeres no murieron asfixiadas, sino que ardieron entre el fragor y la luz cegadora de las llamas. Al final, el fuego llegó a calcinar por completo las puertas y a fundir los herrajes. Pero eso fue horas más tarde.

La madre y la hija sobrevivieron porque la madre hizo lo que había que hacer, aunque fuera por motivos equivocados. Cuando el pánico hizo presa en las mujeres, no pudo aguantar más allí abajo y huyó a la tribuna. No le importaba estar más cerca de las llamas; sólo quería estar sola, lejos de aquellas mujeres que gritaban y se arremolinaban envueltas en llamas. La tribuna era estrecha, tanto que las vigas incendiadas apenas la rozaron al caer. La madre y la hija se quedaron acurrucadas contra la pared, viendo y oyendo las llamas. Al día siguiente no se atrevieron a bajar ni a salir de la iglesia. Por la noche tampoco, pues temían perder pie al bajar por la escalera o extraviarse en la oscuridad. Al amanecer del día siguiente, cuando salieron de la iglesia, se encontraron con unos cuantos aldeanos que, pasmados y mudos de asombro, les dieron ropa y comida y las dejaron marchar.

9

–¿Por qué no abrió usted la puerta?

El juez hizo la misma pregunta a todas las acusadas, una tras otra. Y ellas dieron una tras otra la misma respuesta: no podían. ¿Por qué? Una dijo que porque había resultado herida al caer la bomba en la casa del párroco. Otra, que se encontraba bajo un fuerte choque emocional debido al bombardeo. Otra, que, después de caer las bombas, había estado ocupándose de los soldados y las otras guardianas, sacando heridos de entre las ruinas, aplicando vendajes, cuidando a las víctimas. Otra, que no se le ocurrió pensar en la iglesia y no vio el incendio ni oyó los gritos, porque no estaba por aquella parte.

Y a todas las acusadas, una tras otra, el juez les replicó lo mismo: no era eso lo que se deducía del informe. La frase estaba formulada con calculada prudencia. No podía afirmarse que el informe de las SS negara directamente las alegaciones de las acusadas, pero de algún modo parecía desmentirlas. Nombraba a todos los muertos y heridos de la casa del párroco, y especificaba quiénes habían transportado a los heridos en camión al hospital de campaña y quiénes les habían seguido en otro vehículo militar. Añadía que varias guardianas se habían quedado en el lugar de los hechos para esperar a que se extinguieran los incendios, impedir que se extendieran y prevenir los intentos de fuga que pudieran tener lugar al amparo de las llamas. También mencionaba la muerte de las prisioneras.

El hecho de que los nombres de las acusadas no apareciesen en el informe indicaba que formaban parte del grupo que se había quedado en el pueblo. Y, a su vez, el hecho de que les hubieran encargado impedir los posibles intentos de fuga indicaba que cuando se acabó de rescatar a los heridos de la casa del párroco y el camión se puso en marcha hacia el hospital, las prisioneras todavía estaban vivas. Del informe se deducía que las guardianas que se habían quedado en el pueblo habían dejado que ardiera la iglesia sin intervenir, es decir, sin abrir las puertas. Y se deducía también que entre ellas estaban las acusadas.

No, dijeron todas las acusadas una tras otra, no fue así. El informe estaba plagado de errores. Lo demostraba el simple hecho de que entre las tareas que se les habían encomendado figurase la de impedir que se extendieran los incendios. ¿Cómo habrían podido hacerlo? Era absurdo, y también lo era esperar que previniesen los intentos de fuga al amparo de las llamas. ¿Intentos de fuga? Cuando acabaron de ocuparse de sus propios compañeros, podrían haber prestado atención a las prisioneras, pero ya no quedaba ninguna con vida. No, el informe deformaba los hechos de aquella noche y no reflejaba sus méritos y sus padecimientos. ¿Cómo podía ser que el informe desfigurase la realidad de aquella manera? No lo sabían, dijeron.

Hasta que le tocó el turno a la gallina clueca de lengua viperina. Ella sí lo sabía.

–¡Pregúntele a ésa! –exclamó señalando con el dedo a

Hanna–. Fue ella la que escribió el informe. Ella tuvo la culpa de todo, ella y nadie más, y con el informe quiso cubrirse las espaldas y echarnos la culpa a nosotras.

El juez se lo preguntó a Hanna. Pero ésa fue su última pregunta. La primera fue:

–¿Por qué no abrió usted la puerta?

–Estábamos... Teníamos... –tanteó Hanna, en busca de una respuesta–. No supimos qué hacer.

–¿No supieron qué hacer?

–Había varios muertos, y los otros se marcharon. Dijeron que iban a llevar a los heridos al hospital y luego volverían, pero no tenían la menor intención de volver, y nosotras lo sabíamos. A lo mejor ni siquiera fueron al hospital, al fin y al cabo no había ningún herido grave. Nosotras también queríamos irnos, pero nos dijeron que necesitaban sitio en el camión para los heridos. Y además no querían... no les apetecía llevarse a tantas mujeres. No sé adónde se fueron.

–¿Y qué hicieron ustedes entonces?

–No sabíamos qué hacer. Fue todo tan rápido... La casa del párroco estaba ardiendo, y el campanario de la iglesia también, y los hombres desaparecieron con los coches, visto y no visto, y de repente nos encontramos solas con las mujeres encerradas en la iglesia. Nos habían dejado unas cuantas armas, pero no sabíamos utilizarlas, y aunque hubiéramos sabido, no nos habría servido de nada. Éramos un puñado de mujeres solas. Las prisioneras eran muchas más, ¿cómo íbamos a vigilarlas? Aunque hubiéramos conseguido mantenerlas a todas juntas, se habría formado una fila larguísima, y para vigilar una fila así hace falta algo más que media docena de mujeres.

Hanna hizo una pausa.

–Luego empezaron a chillar, cada vez más fuerte. Si

hubiéramos abierto la puerta en aquel momento, habrían salido todas en desbandada, y...

El juez esperó unos instantes.

–¿Tuvieron miedo? ¿Tuvieron miedo de que las prisioneras se les echasen encima?

–¿De que se nos echasen encima? No... Pero ¿cómo habríamos podido poner orden en aquel desbarajuste? Se habría armado un lío tremendo, no habríamos podido controlarlas. Y si hubieran intentado escaparse...

El juez volvió a esperar, pero Hanna no concluyó la frase.

–¿Tenían miedo de que, si las prisioneras huían, a ustedes las arrestaran, las juzgaran y las fusilaran?

–¡Es que no podíamos dejarlas escapar así, por las buenas! Era nuestra responsabilidad... Quiero decir que, si no, ¿para qué habíamos estado vigilándolas hasta entonces, en el campo, y durante el viaje? Para eso estábamos allí, para vigilar que no se escapasen. Y por eso no supimos qué hacer. Tampoco sabíamos cuántas habrían podido sobrevivir en los días siguientes. Habían muerto tantas ya, y las que quedaban vivas estaban tan débiles...

Hanna se dio cuenta de que con sus palabras se estaba poniendo las cosas aún más difíciles. Pero no podía decir otra cosa. Sólo podía intentar explicarse mejor, describir mejor lo que estaba contando. Pero cuanto más hablaba, más se complicaba su situación. Se quedó encallada y volvió a dirigirse al juez.

–¿Qué habría hecho usted?

Pero esta vez hasta ella misma sabía que no habría respuesta. No la esperaba. Nadie la esperaba. El juez meneó la cabeza en silencio.

Por un lado, todos los que estábamos allí podíamos hacernos cargo del desconcierto y la impotencia que Hanna describía: la noche, el frío, la nieve, el fuego, los gritos de las mujeres en la iglesia, la desaparición de los que daban las órdenes y de los que las acompañaban a todas partes. Estaba claro que las guardianas se habían encontrado ante una situación muy difícil. Pero, por otro lado, la dificultad de la situación no borraba el horror ante lo que habían hecho, o dejado de hacer, las acusadas. No se trataba, por ejemplo, de un accidente de tráfico en una carretera solitaria, en una noche fría de invierno, con heridos y coches destrozados por todas partes. En un caso así, podía comprenderse que una persona no supiera qué hacer. Ni tampoco se trataba de un conflicto entre dos deberes iguales. Era posible imaginarse así la situación que Hanna describía, pero nadie estaba dispuesto a hacerlo.

–¿Fue usted quien escribió el informe?

–Entre todas nos pusimos a pensar lo que convenía escribir. No queríamos echarles la culpa a los que se habían ido. Pero tampoco queríamos reconocer que nos habíamos equivocado.

–O sea que lo pensaron entre todas. ¿Y quién lo escribió?

–¡Tú! –gritó la otra acusada, señalando de nuevo a Hanna con el dedo.

–No, no fui yo. ¿Tan importante es el detalle de quién lo escribiera?

Uno de los fiscales propuso requerir los servicios de un experto para comparar la letra del informe con la de la acusada Schmitz.

–¿Mi letra? ¿Quieren comparar mi letra con...?

El juez, el fiscal y el abogado de Hanna se pusieron a discutir si sería posible que una prueba caligráfica permitiera comprobar la identidad de una persona después de pasados quince años. Hanna les escuchaba, haciendo de vez en cuando amagos de ir a decir o a preguntar algo.

Se la veía cada vez más preocupada. Y luego, por fin, dijo:

–No hace falta que llamen a ningún experto. Confieso que el informe lo escribí yo.

10

No guardo ningún recuerdo de las clases de los viernes. Aunque tengo muy presente el discurrir del juicio, no consigo acordarme de los aspectos que tratábamos en el seminario. ¿De qué hablábamos? ¿Qué se suponía que teníamos que aprender? ¿Qué nos enseñó el profesor?

Pero en cambio me acuerdo muy bien de los domingos. Al salir del tribunal me sentía invadido por un ansia, nueva para mí, de disfrutar de los colores y los aromas de la naturaleza. Los viernes y los sábados los dedicaba a recuperar lo que perdía los demás días de la semana, para poder por lo menos mantenerme al día en los ejercicios y sacar adelante el curso. Y los domingos salía.

El Heiligenberg, la Michaelsbasilika, la Bismarkturm, el Philosophenweg, las orillas del río: cada domingo hacía el mismo recorrido, con mínimas variaciones. No me resultaba monótono: me bastaba con ver cómo el verde se hacía semana a semana más intenso, con ver la llanura del Rin unas veces enturbiada por el calor, otras velada por cortinas de lluvia y otras coronada por nubes de tormenta, y oler las bayas y las flores en el bosque cuando el sol las calentaba, y la tierra y las hojas mustias del año anterior cuando llovía. En general no necesito ni busco demasiada variedad. El siguiente viaje lo hago un poco más lejos que el anterior; las siguientes vacaciones las paso en el lugar que descubrí durante las últimas y que tanto me gustó; durante un tiempo creí que me vendría bien un poco más de osadía, y me forcé a viajar a Sri Lanka, a Egipto y a Brasil, antes de decidir que prefería profundizar en las regiones del mundo que ya me eran familiares. Es en ellas donde veo más cosas.

He vuelto a encontrar el lugar del bosque en el que se me reveló el secreto de Hanna. El lugar no tiene ni tenía por entonces nada de especial, no hay ningún árbol ni roca de formas singulares, ni una vista excepcional de la ciudad y la llanura, nada capaz de despertar asociaciones inesperadas. Mientras pensaba en Hanna, rondando semana tras semana por los mismos itinerarios, un embrión de idea se había singularizado, había evolucionado a su manera y finalmente había desembocado en una conclusión. Cuando la idea estuvo madura, cayó por su propio peso; podría haber sido en cualquier otro lugar, o por lo menos en cualquier otro entorno y circunstancias lo bastante familiares para que fuera a sorprenderme una revelación que no llegaba de fuera, sino que había crecido en mi interior. Y fue en un camino escarpado que asciende por la falda de la montaña, cruza la carretera, pasa por delante de una fuente y, tras cruzar una arboleda alta y oscura, se interna en un bosque ralo.

Hanna no sabía leer ni escribir.

Por eso quería que le leyeran en voz alta. Por eso, durante nuestra excursión en bicicleta, me había dejado a mí todas las tareas que exigieran escribir y leer, y por eso aquella mañana en el hotel, al encontrar mi nota, se desesperó, comprendiendo que yo esperaba que la hubiera leído y temiendo quedar en evidencia. Por eso se había negado a que la ascendieran en la compañía de tranvías;

su punto débil, que en el puesto de revisora podía ocultar fácilmente, habría salido a la luz en el momento de iniciar la formación para el puesto de conductora. Por eso rechazó el ascenso en Siemens y se convirtió en guardiana de campo de concentración. Por eso confesó haber escrito el informe, para no verse confrontada con el grafólogo. ¿Sería también por eso por lo que había hablado más de la cuenta en el juicio? ¿Porque no había podido leer ni el libro de la hija ni el texto de la acusación, y por lo tanto ignoraba las posibilidades que tenía de defenderse y no se había podido preparar convenientemente? ¿Sería por eso por lo que enviaba a sus protegidas a Auschwitz? ¿Para cerrarles la boca en caso de que descubrieran su punto débil? ¿Sería por eso por lo que escogía a las más débiles?

¿Por eso? Yo podía comprender que se avergonzase de no saber leer ni escribir, y que hubiera preferido comportarse de una manera inexplicable conmigo antes que permitir que la desenmascarase. Al fin y al cabo, yo sabía por propia experiencia que la vergüenza puede forzarlo a uno a mostrarse esquivo, a ponerse a la defensiva, a ocultar y desfigurar las cosas, incluso a herir a los demás. Pero ¿era posible que la vergüenza explicara también el comportamiento de Hanna durante el juicio y en el campo de concentración? ¿Que prefiriera ser acusada de un crimen a pasar por analfabeta? ¿Cometer un crimen por miedo a pasar por analfabeta?

¡Cuántas veces me hice entonces y he seguido haciéndome esas mismas preguntas! Si el móvil de Hanna era el miedo a ser desenmascarada, ¿por qué prefería un desenmascaramiento inofensivo, el de su analfabetismo, a otro muchísimo peor, el de sus crímenes? ¿O quizá creía posible salir adelante de algún modo sin que la desenmascarasen nunca? ¿Era simplemente estúpida? ¿Y de verdad era tan vanidosa y malvada como para convertirse en una criminal con tal de no quedar en ridículo?

En aquel momento me negué a creer posible tal cosa, y he seguido negándome luego. No, me dije, Hanna no se había decidido por el crimen. Se había decidido contra el ascenso en Siemens y había ido a parar de rebote a las SS. Y si enviaba a Auschwitz a las chicas débiles y delicadas no era porque las hubiera escogido para la muerte, sino al contrario, las había escogido para hacerles más grato el último mes de su vida, ya que de todos modos iban a acabar en Auschwitz. Y durante el juicio no estuvo dudando entre pasar por analfabeta o por criminal. No hacía cálculos, no tenía una táctica. Simplemente, daba por sentado que iban a castigarla, y no quería, encima, quedar en evidencia. No velaba por sus intereses: luchaba por su verdad, por su justicia. Y como siempre tenía que disimular un poco, y nunca podía ser del todo franca, del todo ella misma, aquella verdad y aquella justicia eran lamentables, pero eran las suyas, y la lucha por ellas era su lucha.

Debía de estar completamente agotada. No sólo luchaba en el juicio. Luchaba siempre, y había luchado siempre, no para mostrar a los demás de lo que era capaz, sino para ocultarles de qué no era capaz. Una vida cuyos avances eran enérgicas retiradas y cuyas victorias eran derrotas encubiertas.

Me produjo una extraña turbación descubrir la discrepancia entre la verdadera causa de que Hanna se marchase de mi ciudad y lo que yo me había imaginado por entonces. Estaba seguro de que la había echado yo, sentía que la había traicionado y negado; pero en realidad ella sólo quiso evitar que en la compañía de tranvías se enterasen de su secreto. En cualquier caso, el hecho de que no fuera yo quien la había echado no significaba que no la hubiera traicionado. Así que mi culpabilidad no quedaba anulada. Y si no era culpable por traicionar a una criminal, ya que eso no puede ser motivo de culpa, sí lo era por haber amado a una criminal.

11

Al confesar ser la autora del informe, Hanna se lo puso muy fácil a las otras acusadas. Pronto quedó claro que había actuado sola y por propia iniciativa, y que si las otras la habían secundado, había sido a la fuerza y bajo amenazas. Hanna tenía la sartén por el mango, decían. Era ella la que mandaba y la que escribía los informes. Era ella la que decidía.

Los habitantes del pueblo que testificaron no pudieron confirmar ni negar esa hipótesis. Vieron a varias mujeres vigilando la iglesia en llamas, sin abrir las puertas, y por eso no se atrevieron a abrirlas ellos mismos. También las vieron a la mañana siguiente, cuando se marchaban, y estaban seguros de que eran las acusadas. Pero ninguno sabía cuál de ellas llevaba la voz cantante en aquellos momentos, y ni siquiera podían asegurar que hubiera una cabecilla.

–Pero no pueden certificar –les preguntó, señalando a Hanna, el abogado de una de las otras acusadas– que no fuera esta acusada quien tomaba las decisiones, ¿verdad?

No, no podían, cómo iban a poder. Además, bastaba mirar a las otras acusadas, mujeres visiblemente mayores, más cansadas, cobardes y amargadas, para darse cuenta de que Hanna tenía que ser por fuerza la que mandaba. Por otra parte, la existencia de una cabecilla representaba una coartada perfecta para los habitantes del pueblo: para ayudar a las prisioneras habrían tenido que plantar cara a un disciplinado comando a las órdenes de un superior, y no a un puñado de mujeres desconcertadas.

Hanna seguía luchando. Admitía lo que era cierto y negaba lo que era falso. Negaba con una obstinación cada vez más desesperada. No gritaba, pero la intensidad con que hablaba le resultaba chocante al tribunal.

Finalmente se rindió. Ya sólo hablaba cuando le preguntaban, y respondía con pocas palabras o daba datos incompletos; a veces parecía como distraída. Ahora se quedaba sentada cuando hablaba: era como si quisiera manifestar que se había rendido. El juez, que al principio del proceso le había dicho varias veces que no hacía falta que se levantase, que podía quedarse sentada, lo advirtió también con extrañeza. A veces, hacia el final, me daba la impresión de que el tribunal empezaba a estar harto y quería quitarse de encima por fin aquella carga; ya no tenían los cinco sentidos puestos en el juicio, sino en alguna otra cosa, quizá algo del presente, después de tantas semanas de viaje por el pasado.

Yo también empezaba a estar harto. Pero no podía quitarme de encima aquella carga. Para mí, el juicio no estaba acabándose, sino empezando de verdad. Hasta entonces yo había sido espectador, pero ahora me veía implicado, podía intervenir, podía influir en la decisión final. Era un papel que no había buscado ni elegido, pero lo tenía, quisiera o no, tanto si decidía hacer algo como si me limitaba a comportarme pasivamente.

Hacer algo... Ese algo sólo podía ser una cosa: ir a hablar con el juez y contarle que Hanna era analfabeta. Que no era la protagonista, la culpable única en que la querían convertir las otras. Que su comportamiento durante el juicio no se debía a terquedad, cerrazón o descaro, sino a su ignorancia total de la acusación y del contenido del manuscrito, y sin duda también a la falta del menor sentido de la estrategia o de la táctica. Que no estaba en condiciones de defenderse adecuadamente. Que era culpable, pero no tanto como parecía.

Podía ser que el juez no se dejara convencer. Pero por lo menos le haría pensar, le empujaría a intentar averiguar la verdad. Y al final se demostraría que yo tenía razón, y Hanna sería castigada, pero no con tanta severidad. Iría a la cárcel, desde luego, pero saldría antes, volvería a ser libre antes. ¿Y no era por eso por lo que luchaba?

Sí, luchaba por eso, pero no estaba dispuesta a pagar el precio de ser desenmascarada como analfabeta. Y tampoco le parecería bien que yo traicionase, a cambio de unos cuantos años de cárcel, la imagen que había querido dar de sí misma. Ese trueque sólo podía hacerlo ella, pero no lo hacía, así que estaba claro que no quería hacerlo. Para ella, su imagen valía esos años de cárcel.

Pero ¿de verdad los valía? ¿De qué le servía esa imagen falsa, que la amordazaba, la paralizaba, le impedía desarrollarse como persona? Con la energía que invertía en sostener la mentira de su vida, podría perfectamente haber aprendido a leer y a escribir.

Intenté hablar del problema con mis amigos. Imagínate que alguien se dirige a sabiendas hacia su perdición, y tú puedes salvarlo. ¿Lo salvarías? Imagínate una operación con un paciente que toma drogas que son incompatibles con la anestesia, pero se avergüenza de ser drogadicto y no quiere decírselo al anestesista. ¿Hablarías con el anestesista? Imagínate que en un juicio se ha demostrado que el criminal era diestro, pero el acusado no se atreve a revelar que es zurdo porque le da vergüenza, y lo van a condenar. ¿Se lo contarías al juez? O imagínate que un crimen sólo pudo cometerlo, con toda certeza, un heterosexual, y el acusado es homosexual, pero se avergüenza de serlo y se calla. No te pregunto si tiene sentido avergonzarse de ser zurdo u homosexual. Sólo te pido que te imagines que el acusado no se atreve a confesarlo por vergüenza.

12

Decidí hablar con mi padre. No porque tuviéramos mucha confianza, desde luego. Mi padre era un hombre reservado, tan incapaz de mostrarles sus sentimientos a sus hijos como de aceptar los que ellos tenían hacia él. Durante muchos años sospeché que detrás de tanto hermetismo debía de haber un tesoro escondido. Pero con el tiempo empecé a preguntarme si de verdad había algo allí detrás. Quizá había tenido sentimientos en su niñez y su juventud, y a lo largo de los años, al no expresarlos, los había dejado agostarse y morir.

Pero fue precisamente esa distancia lo que me hizo buscar el diálogo con él. No fui a hablar con mi padre, sino con el filósofo que había escrito libros sobre Kant y Hegel, autores que, por lo que yo sabía, habían reflexionado sobre asuntos morales. Creía que mi padre sería capaz de contemplar abstractamente el problema, en lugar de dejarse distraer, como mis amigos, por las deficiencias de mis ejemplos.

Cuando, de pequeños, queríamos hablar con él, nos citaba a una hora determinada, como a sus alumnos. Trabajaba en casa y sólo iba a la universidad para dar sus clases. Los alumnos que querían hablar con él venían a verlo a casa. Me acuerdo de aquellas filas de estudiantes apoyados en la pared del pasillo, esperando que les tocara el turno, algunos leyendo, otros contemplando las vistas de la ciudad que colgaban de la pared, otros con la mirada perdida en el vacío, todos mudos, a excepción de los tímidos saludos con que replicaban a los nuestros cuando pasábamos por el pasillo. Nosotros, cuando habíamos quedado para hablar con mi padre, no teníamos que hacer cola en el pasillo, pero, igual que los estudiantes, no llamábamos a la puerta de su despacho hasta la hora acordada, y no entrábamos hasta que él nos daba permiso.

Conocí dos despachos de mi padre. El primero, en el que vi a Hanna pasando el dedo por los lomos de los libros, tenía ventanas que daban a la calle y desde las que se veían las casas de la otra acera. Las del segundo daban a la llanura del Rin. La casa a la que nos mudamos a principios de los años sesenta, y en la que se quedaron a vivir mis padres cuando los hijos nos hicimos mayores, estaba situada en una ladera, por encima de la ciudad. Tanto en un despacho como en el otro, las ventanas no expandían el espacio hacia el exterior, hacia el mundo, sino que lo capturaban, lo reducían a un cuadro colgado en la pared. El despacho de mi padre era como un cascarón dentro del cual los libros, los papeles, los pensamientos y el humo de la pipa y los puros creaban una atmósfera propia, distinta de la del mundo exterior, que me resultaba familiar y ajena al mismo tiempo.

Mi padre me hizo exponer el problema, primero en abstracto y luego con ejemplos.

–Tiene algo que ver con el juicio, ¿verdad? –dijo enseguida. Pero meneó la cabeza para indicarme que no esperaba respuesta, que no quería penetrar en mi mente ni saber nada que yo no le contara por propia iniciativa. Y luego, con la cabeza echada a un lado y las manos sujetas a los brazos del sillón, se puso a pensar. No me miraba. Yo lo observaba a él: sus canas, sus mejillas como siempre mal afeitadas, las arrugas que se le marcaban entre los ojos y discurrían de las aletas de la nariz a las comisuras de los labios. Y esperé.

Para empezar se remontó a conceptos como la persona, la libertad y la dignidad, y recalcó la idea del ser humano como sujeto al que nadie tiene derecho a convertir en objeto.

–¿No te acuerdas de cómo te enfadabas de pequeño cuando mamá, por tu bien, te obligaba a hacer algo que no querías? ¿Tenía derecho a hacerlo, aunque fueras un niño? Es todo un problema. Un problema filosófico. Pero la filosofía no se preocupa de los niños. Los ha dejado en manos de la pedagogía, lo cual es un error. La filosofía se ha olvidado de los niños –añadió con una sonrisa–, y no sólo de vez en cuando, como me pasaba a mí con vosotros, sino para siempre.

–Pero...

–Pero en el caso de los adultos, desde luego, tengo muy claro que no hay justificación alguna para anteponer lo que un sujeto considera conveniente para otro a lo que éste considera conveniente para sí mismo.

–¿Incluso al precio de renunciar a la felicidad?

Negó con la cabeza.

–No estamos hablando de la felicidad, sino de la dignidad y la libertad. Tú, de pequeño, ya conocías esa diferencia. El hecho de que mamá siempre acabara teniendo razón no te servía de consuelo.

Hoy en día me gusta recordar aquella conversación con mi padre. La había olvidado, hasta que, tras su muerte, empecé a hurgar en el desván de mi memoria en busca de los buenos momentos, vivencias y experiencias que había tenido con él. Cuando la encontré, la contemplé con sorpresa y gozo. En aquella época, la mezcla de abstracción y diáfana claridad de las palabras de mi padre me confundió al principio. Pero deduje que no debía hablar con el juez, es más, que no tenía derecho a hacerlo, y me sentí aliviado.

Mi padre se dio cuenta.

–¿Así que te gusta la filosofía?

–Bueno... Lo que pasa es que no sabía si debía tomar alguna medida ante la situación que te he descrito, y no me convencía mucho la idea de hacerlo, así que esto de pensar que no tengo derecho me parece...

No sabía qué decir. ¿Un alivio? ¿Tranquilizador? ¿Agradable? Todo eso no tenía nada que ver con la moral y la responsabilidad. Podía decir simplemente que me parecía bien, y eso sí sonaría a moral y responsabilidad. Pero no era cierto; aquello me producía una simple sensación de alivio y nada más.

–¿Agradable? –propuso mi padre.

Asentí con la cabeza al tiempo que me encogía de hombros.

–No, tu problema no tiene ninguna solución agradable. Vamos a ver: esa persona que conoce un secreto y no sabe si debe revelarlo, ¿se limita a observar o tiene algún tipo de responsabilidad en el asunto, aunque sea involuntariamente? Si es así, esa persona debe actuar. Si sabe lo que le conviene al otro, y éste se niega a verlo, debe intentar abrirle los ojos. El otro siempre tendrá la última palabra, pero hay que hablar con él. Insisto, con él, no con otra persona a sus espaldas.

¿Hablar con Hanna? ¿Y qué podía decirle? ¿Que había descubierto la mentira de su vida? ¿Que ella estaba a punto de sacrificar el resto de su vida en aras de esa estúpida mentira? ¿Que la mentira no merecía semejante sacrificio? ¿Que tenía que luchar por no pasarse en la cárcel más tiempo del imprescindible, para poder hacer luego algo nuevo con su vida? ¿Pero qué quería decir «algo nuevo»? ¿Qué iba a hacer ella con su vida después de la cárcel? ¿Tenía derecho a privarla de la mentira de su vida sin ofrecerle a cambio una alternativa de futuro? No se me ocurría ninguna a largo plazo, y tampoco me veía capaz de plantarme delante de ella y decirle que, después de lo que había hecho durante la guerra, era justo que, de momento, y por unos cuantos años más, se pudriera en la cárcel. No me veía capaz de plantarme delante de ella y decirle nada. No me veía capaz siquiera de acudir a ella.

–¿Y qué pasa si no se puede hablar con el otro? –le pregunté.

Me miró con gesto dubitativo, y yo mismo me di cuenta de que la pregunta estaba fuera de lugar. No había nada más que decir desde el punto de vista moral. Lo único que me quedaba era tomar una decisión.

–No he podido ayudarte.

Mi padre se levantó, y yo también.

–No, no te vayas, es que me duele la espalda –dijo encorvado, apretándose los riñones con las manos–. No puedo decir que lamente no poder ayudarte. Es decir, desde el punto de vista de filósofo, que es lo que has venido a buscar. En cambio, como padre, la experiencia de no poder ayudar a mis hijos me parece francamente insoportable.

Esperé un poco, pero no dijo nada más. Me pareció que adoptaba una postura de autoindulgencia; yo sabía muy bien cuándo debería haberse preocupado más por nosotros y cómo podría habernos ayudado más de lo que lo había hecho. Luego pensé que quizá él mismo también lo sabía y le pesaba de veras. Pero tanto en un caso como en el otro, yo no podía decirle nada. Me sentí cohibido, y tuve la sensación de que él también.

–Bueno, pues...

–Puedes venir a hablar conmigo cuando quieras –dijo mi padre, mirándome.

No le creí, y asentí con la cabeza.

13

En junio, el tribunal se trasladó dos semanas a Israel. La toma de declaración les ocupó sólo unos pocos días, pero el juez y los fiscales quisieron unir lo judicial con lo turístico, y se dieron una vuelta por Jerusalén, Tel-Aviv, el Néguev y el Mar Rojo. Sin duda, no había nada que objetar desde el punto de vista legal, laboral y económico. Pero aun así me pareció fuera de lugar.

Yo había previsto dedicarme aquellas dos semanas por completo a la carrera. Pero las cosas no salieron como las había planeado. No podía concentrarme en el estudio, ni en los profesores, ni en los libros. Una y otra vez, mis pensamientos emprendían el vuelo y se perdían en imágenes.

Veía a Hanna delante de la iglesia en llamas, con una expresión dura en el rostro, con uniforme negro y una fusta en la mano. Con la fusta dibujaba círculos en la nieve y se daba golpecitos en la caña de las botas. La veía escuchando mientras le leían en voz alta. Escuchaba atentamente, sin hacer preguntas ni comentarios. Cuando se acababa la sesión, le comunicaba a la lectora que al día siguiente saldría con el grupo que volvía a Auschwitz. La lectora, una criatura esmirriada con el pelo negro esquilado casi al cero y ojos miopes, se echaba a llorar. Hanna golpeaba la pared con la mano y entraban dos mujeres, también prisioneras, con uniforme de rayas, y se llevaban a la lectora casi a rastras. Veía a Hanna andar por las calles del campo de concentración, entrar en los barracones de las prisioneras, vigilar la marcha de los trabajos de reconstrucción de la fábrica. Todo eso lo hacía con la misma expresión dura, con ojos fríos y labios apretados, y las prisioneras bajaban la cabeza, se inclinaban sobre el trabajo, se pegaban a la pared, se apretaban contra ella, como si quisieran desaparecer dentro. A veces aparecían montones de prisioneras, corriendo de un lado a otro, o en formación, o marchando, y Hanna estaba entre ellas, gritando órdenes, con la cara convertida en una fea máscara vociferante, y repartiendo golpes con la fusta. Veía el campanario cayendo sobre el tejado de la iglesia en medio de un diluvio de chispas, y oía los gritos de desesperación de las mujeres. Veía la iglesia a la mañana siguiente, totalmente calcinada.

Además de esas imágenes, veía las otras. Hanna poniéndose las medias en la cocina, o sosteniendo la toalla delante de la bañera, o en bicicleta, con la falda aleteando al viento, o de pie en el despacho de mi padre, o bailando delante del espejo, o mirándome en la piscina; Hanna escuchándome, hablándome, sonriéndome, amándome. Lo malo era cuando se mezclaban las dos clases de imágenes. Hanna haciendo el amor conmigo con aquellos ojos fríos y los labios apretados, escuchándome leer sin decir palabra y al final dando un golpe en la pared, hablándome mientras su cara se convierte en una fea máscara. Pero aún peores eran los sueños en los que aquella Hanna dura, autoritaria y cruel me excitaba sexualmente; me despertaba rebosante de deseo, vergüenza e indignación. Y con el miedo de no saber quién era yo mismo.

Sabía que aquellas imágenes de la fantasía no eran más que miserables tópicos. No le hacían justicia a la Hanna que yo había conocido y estaba conociendo. Pero al mismo tiempo eran de una fuerza arrolladora. Destruían las imágenes que guardaba de Hanna en el recuerdo y se entreveraban con las imágenes de campos de exterminio que tenía en la mente.

Hoy, cuando pienso en aquellos años, me doy cuenta de lo escasa que era la carga visual, de lo escasas que eran las imágenes que documentaban la vida y la muerte (o, mejor dicho, el asesinato) en los campos de exterminio. De Auschwitz conocíamos la puerta principal, con la famosa inscripción «El trabajo os hará libres», las literas de madera, los montones de pelo, gafas y maletas; de Birkenau, el edificio de la entrada, con su torre, sus dependencias laterales y el hueco para que pasaran los trenes; y de Bergen-Belsen, las montañas de cadáveres que los aliados encontraron y fotografiaron cuando liberaron el campo. Conocíamos algunos relatos de prisioneros, pero muchos de ellos salieron a la luz poco después de acabada la guerra y no volvieron a ser publicados hasta los años ochenta, pues durante mucho tiempo no interesaron a las editoriales. Hoy en día hay tantos libros y películas sobre el tema, que el mundo de los campos de exterminio forma ya parte del imaginario colectivo que complementa el mundo real. Nuestra fantasía está acostumbrada a internarse en él, y desde la serie de televisión *Holocausto* y películas como *La decisión de Sophie* y especialmente *La lista de Schindler,* no sólo se mueve en su interior, no se limita a percibir, sino que ha empezado a añadir y decorar por su cuenta. Por aquel entonces la fantasía apenas se movía; teníamos la sensación de que la conmoción que había producido el mundo de los campos de exterminio no era compatible con la fantasía. La imaginación se limitaba a contemplar una y otra vez las pocas imágenes que le habían proporcionado las fotografías de los aliados y los relatos de los prisioneros, hasta que se convirtieron en tópicos fosilizados.

14

Decidí irme de viaje. Si hubiera podido hacer las maletas y plantarme en Auschwitz sin más, lo habría hecho. Pero para conseguir un visado había que esperar semanas. Así que me dirigí a Struthof, en Alsacia. Era el campo de concentración más cercano. Nunca había visto uno. Quería deshacerme de los tópicos con ayuda de la realidad.

Hice autoestop, y recuerdo a un camionero que no paraba de vaciar botellas de cerveza una tras otra, y al conductor de un Mercedes que utilizaba guantes blancos. Pasado Estrasburgo, tuve suerte; el conductor que me recogió se dirigía a Schirmeck, un pueblo cercano a Struthof.

Cuando le dije al conductor adónde quería ir exactamente, se quedó callado. Le miré, pero nada en su cara me permitía interpretar por qué había enmudecido de repente en medio de una animada conversación. Era un hombre de mediana edad, de rostro enjuto, con un lunar o una cicatriz de quemadura rojo oscuro en la sien derecha y pelo negro peinado en mechones, con la raya cuidadosamente marcada. Miraba a la carretera con gran concentración.

Ante nosotros, los Vosgos empezaban a disolverse en pequeñas colinas. Nos internamos en un valle muy ancho, que ascendía poco a poco, entre viñedos. A izquierda y a derecha el bosque tapizaba las laderas; a veces aparecía una cantera, una nave industrial rodeada de un muro de ladrillo y con tejado ondulado, un antiguo sanatorio, una gran casa de campo con muchas pequeñas torres, rodeada de árboles altos. Una línea férrea discurría paralela a la carretera, unas veces por la derecha y otras por la izquierda.

Luego empezó a hablar de nuevo. Me preguntó por qué quería visitar Struthof, y le hablé del juicio y de mi problema con la falta de imágenes.

–Ah, ya. Quieres entender cómo es que hubo gente capaz de hacer cosas tan terribles.

Sonaba un poco irónico. Pero quizá fuera sólo el tono dialectal de su voz y su pronunciación. Antes de que pudiera contestar, continuó hablando.

–¿Y, concretamente, qué es lo que quieres entender? ¿Entiendes, por ejemplo, que se mate por pasión, por amor, por odio, por honor, por venganza?

Asentí con la cabeza.

–¿Entiendes también que se mate por dinero o poder? ¿Que se mate en la guerra o en una revolución?

–Pero... –repliqué, asintiendo de nuevo con la cabeza.

–Pero los que murieron asesinados en los campos no les habían hecho nada a sus asesinos, ¿verdad? ¿Es eso lo que quieres decir? ¿Que no había ningún motivo para el odio, que no estaban en guerra los unos con los otros?

Esa vez no asentí. Lo que aquel hombre estaba diciendo era inatacable, pero no me gustaba la manera en que lo decía.

–Tienes razón. No estaban en guerra ni tenían ningún motivo para odiar. Pero tampoco los verdugos odian a los condenados a muerte, y sin embargo los ejecutan. Se lo han ordenado así. ¿Piensas que lo hacen porque se lo han ordenado así? Seguramente piensas que estoy hablando del tema de la obediencia debida y que en cualquier momento voy a salir con aquello de que los guardianes de los campos de concentración sólo eran unos subordinados que tenían que obedecer.

Rió con tono despectivo.

–No, no estoy hablando de la obediencia debida. El verdugo no obedece órdenes. Simplemente hace su trabajo; no odia a las personas a las que ejecuta, no lo hace por venganza, no las mata porque se interpongan en su camino o lo amenacen o lo ataquen. Le son completamente indiferentes. Tan indiferentes, que le da lo mismo matarlas o no matarlas.

Me miró.

–¿No hay ningún pero? Venga, hombre, dime que nadie tiene derecho a sentir tanta indiferencia hacia otra persona. ¿No es eso lo que te han enseñado? ¿Solidaridad con todos los seres humanos? ¿La dignidad del hombre? ¿Respeto a la vida?

Me sentía indignado e impotente. Buscaba una palabra, una frase que pudiera borrar lo que aquel hombre acababa de decir y lo dejara sin palabras.

–Una vez –continuó– vi una fotografía de las matanzas de judíos en Rusia. Los judíos esperan en fila, desnudos; algunos están al borde de una fosa, y los soldados se les acercan por detrás y les disparan en la nuca con el fusil. Están en una cantera, y por encima de los judíos y los soldados se ve a un oficial sentado en un hueco de la pared, con las piernas colgando en el aire y fumándose un cigarrillo. Parece aburrirse un poco. Quizá todo aquello le resulta demasiado lento. Pero al mismo tiempo tiene una expresión de satisfacción, incluso de alegría, quizá porque a pesar de todo el trabajo va saliendo adelante y pronto será la hora de retirarse a descansar. No odia a los judíos. No está...

–¿Era usted? ¿Era usted el que estaba sentado en el hueco de la pared...?

Paró el coche. Estaba pálido, y el lunar de la sien le brillaba.

–¡Fuera!

Bajé del coche. Arrancó tan bruscamente que tuve que apartarme de un salto. Lo oí todavía durante las primeras curvas. Luego se hizo el silencio.

Me puse a andar carretera arriba. No venía ningún coche, ni en mi dirección ni en la contraria. Oía cantar los pájaros, el viento en los árboles, a veces el murmullo de un riachuelo. Respiré aliviado. Al cabo de un cuarto de hora estaba en el campo de concentración.

15

Volví por allí no hace mucho. Era invierno, un día frío y soleado. Más allá de Schirmeck el bosque estaba nevado: árboles espolvoreados de blanco y una capa blanca sobre el suelo. El perímetro del campo de concentración, un terreno alargado extendido sobre una ladera en forma de terraza, con amplias vistas a los Vosgos, aparecía cubierto de blanco bajo el sol. Las torres de vigilancia, de dos o tres pisos, y los barracones, de una sola planta, eran de madera pintada de color azul grisáceo, que contrastaba agradablemente con la nieve. Cierto, estaba el portal alambrado con la inscripción «Campo de concentración Struthof-Natzweiler» y la doble alambrada que rodeaba el campo, pero el refulgente manto de nieve ocultaba todo rastro del campo en el suelo que quedaba libre entre los barracones todavía en pie, sobre el que originariamente se levantaban, apiñados, más barracones. Podía haber estado poblado de niños que estuvieran pasando las vacaciones de Navidad en las agradables casitas de acogedoras ventanas con persianas de madera, jugando con trineos, a la espera de que los llamaran para ir a merendar bizcochos y chocolate caliente.

El campo estaba cerrado. Caminé por la nieve a su alrededor, mojándome los pies. Tenía a la vista todo el terreno, y recordé que aquella vez, en mi primera visita, anduve por unos escalones que bajaban entre los cimientos de los derruidos barracones. También recordé los hornos crematorios que por entonces se exhibían en uno de los barracones, y el calabozo, alojado en otro. Recordé mi intento frustrado de imaginarme un campo de concentración lleno, con prisioneros y soldados, de imaginarme de una manera concreta todo aquel sufrimiento. Lo intenté de verdad: miré un barracón, cerré los ojos y alineé mentalmente toda una fila de barracones. Medí con mis pasos una de aquellas construcciones, calculé con ayuda del folleto informativo el número de prisioneros que debían de ocuparla e intenté imaginarme la estrechez que reinaría allí. Sabía que los prisioneros formaban para la revista justo en aquellos escalones que separaban los barracones, y los llené desde el extremo inferior hasta el extremo superior del campo con espaldas alineadas en hileras. Pero todo fue inútil, y tuve una sensación de lamentable y vergonzoso fracaso.

Ya de regreso, encontré más abajo, en la misma ladera, una casa pequeña, situada frente a un restaurante. En tiempos aquella casa había sido la cámara de gas. Estaba pintada de blanco, tenía las puertas y ventanas enmarcadas en piedra y podría haber sido un granero o un cobertizo o una casa de criados. También aquella casa estaba cerrada, y no recordaba haber estado dentro de ella la primera vez. No bajé. Me quedé un rato mirándola desde el coche, con el motor en marcha. Luego seguí mi camino.

Al principio me daba cierto reparo pasar, en el camino de regreso, por los pueblos alsacianos en busca de un restaurante para almorzar. Pero el reparo no se debía a un sentimiento auténtico, sino a la idea de cómo había que sentirse después de visitar un campo de concentra-

146

ción. Cuando me di cuenta, me encogí de hombros y me puse a buscar un restaurante. En un pueblo al pie de los Vosgos encontré uno que se llamaba Au Petit Garçon. Desde mi mesa se divisaba la llanura. Recordé que Hanna me llamaba «chiquillo».[1]

En mi primera visita estuve rondando por el terreno del campo de concentración hasta que lo cerraron. Luego me senté al pie del monumento que se encuentra por encima del campo y estuve contemplándolo desde allí. Sentía dentro de mí un gran vacío, como si aquellas imágenes que me faltaban no hubiera estado buscándolas fuera de mí, sino en mi interior, y ahora viera que dentro de mí no había nada.

Luego se oscureció. Tuve que esperar una hora hasta que un camionero me dejó subir a la plataforma de su camioneta y me llevó al pueblo más cercano. No quise seguir haciendo autoestop el mismo día. Encontré una habitación barata en una fonda del pueblo y me comí un delgado bistec con patatas fritas y guisantes.

En una de las mesas vecinas había cuatro hombres jugando a cartas ruidosamente. La puerta se abrió, y entró sin saludar un anciano de baja estatura. Llevaba pantalones cortos y una pata de palo. Se apoyó en la barra y pidió cerveza. Daba la espalda (y la cabeza pelada y demasiado grande) a la mesa de los jugadores. Éstos dejaron las cartas, metieron la mano en el cenicero, cogieron las colillas y empezaron a tirárselas con mucha puntería. El hombre de la barra daba manotazos por detrás de su cabeza, como si espantara moscas. El dueño le sirvió la cerveza. Nadie decía nada.

No pude contenerme. Me levanté de un salto y me acerqué a la mesa de los jugadores. «¡Ya basta!» Tembla-

1. En francés, *«petit garçon»*. *(N. del T.)*

ba de rabia. En aquel momento el viejo se acercó a saltitos, se echó mano a la pierna, y de repente se soltó la pata de palo, la cogió y la estrelló estruendosamente contra la mesa, haciendo bailar los vasos y el cenicero, y a continuación se dejó caer en la silla libre. Soltó una chillona carcajada con la boca desdentada, y los otros se rieron con él, con atronadoras risas de borrachos. «¡Ya basta!», gritaban riéndose y señalándome, «¡ya basta!»

Por la noche, un vendaval asedió la casa. No tenía frío, y los aullidos del viento, el chirrido del árbol que había delante de la ventana y el golpeteo ocasional de la persiana no eran tan fuertes como para impedirme conciliar el sueño. Pero interiormente me sentía cada vez más inquieto, hasta que empecé a temblar con todo el cuerpo. Tenía miedo, no porque esperara un suceso funesto, sino porque el miedo se había apoderado de mí. Estaba tumbado, escuchando el viento. Sentía alivio cuando su resoplar se hacía más débil y menos ruidoso, temía sus nuevos embates y no sabía cómo iba a poder levantarme al día siguiente, volver a casa, seguir estudiando y algún día tener una profesión y una mujer y unos hijos.

Quería comprender y al mismo tiempo condenar el crimen de Hanna. Pero su crimen era demasiado terrible. Cuando intentaba comprenderlo, tenía la sensación de no estar condenándolo como se merecía. Cuando lo condenaba como se merecía, no quedaba espacio para la comprensión. Pero al mismo tiempo quería comprender a Hanna; no comprenderla significaba volver a traicionarla. No conseguí resolver el dilema. Quería tener sitio en mi interior para ambas cosas: la comprensión y la condena. Pero las dos cosas al mismo tiempo no podían ser.

A la noche la siguió un día radiante de verano. No tuve problemas con el autoestop, y llegué a casa en unas pocas horas. Atravesé a pie la ciudad como si llevara largo tiempo sin poner los pies en ella; las calles, las casas y la gente me resultaban ajenos. Pero no por eso me sentía más cercano al mundo de los campos de concentración. Las impresiones que había recogido en Struthof se asociaron a las pocas imágenes que ya tenía de Auschwitz, Birkenau y Bergen-Belsen, y se fosilizaron junto a ellas.

16

Al final acabé acudiendo al juez. No fui capaz de ir a hablar con Hanna. Pero tampoco podía cruzarme de brazos.

¿Por qué no fui capaz de hablar con Hanna? Ella me había abandonado, me había engañado, no era la persona que yo había visto en ella o que mi fantasía había pintado. ¿Y quién era yo para ella? ¿El pequeño lector al que había utilizado, el pequeño compañero de cama con el que se había divertido? ¿Me habría enviado a mí también a la cámara de gas si no hubiera podido abandonarme pero hubiera necesitado librarse de mí?

¿Por qué, al mismo tiempo, no podía cruzarme de brazos? Me decía a mí mismo que tenía que impedir un error judicial. Tenía que luchar por que se hiciera justicia, dejando aparte la mentira vital de Hanna, es decir, que se hiciera justicia independientemente de que ello le conviniese a Hanna o no. Pero en realidad no era la justicia lo que me preocupaba. No podía dejar a Hanna como estaba o quería estar. Tenía que hacer algo por ella, ejercer algún tipo de influencia o efecto en su persona, directa o indirectamente.

El juez había oído hablar de nosotros, el grupo de estudiantes que asistía a las sesiones, y se mostró muy bien dispuesto a recibirme para hablar después de una sesión del juicio. Llamé a la puerta, me dio permiso para entrar, me saludó y me pidió que me sentara en la silla que había delante del escritorio. Él estaba sentado al otro lado, en mangas de camisa. La toga colgaba por encima del respaldo y los brazos de la butaca; se había sentado con la toga puesta y luego se la había quitado sin levantarse. Parecía relajado, un hombre que tiene a sus espaldas el trabajo de un día entero y se siente satisfecho. Sin aquella expresión de desconcierto tras la que se parapetaba en las sesiones del juicio, tenía una amable, inteligente e inofensiva cara de funcionario. Enseguida empezó a charlar y a preguntarme por esto y aquello. Qué pensaban del proceso los estudiantes del grupo, cómo pensaba utilizar el profesor los apuntes que tomábamos, en qué curso estábamos, cuánto tiempo llevaba yo estudiando, por qué estudiaba Derecho y cuándo me licenciaría. Me recomendó que sobre todo no me licenciara demasiado tarde.

Respondí a todas las preguntas. Luego le escuché hablar de su época de estudiante y de cuando se licenció. Lo había hecho todo como es debido. Había asistido en el momento exacto y con provecho a todos los cursos y seminarios necesarios y finalmente se había licenciado. Le gustaba dedicarse al Derecho y concretamente a la tarea de juez, y si tuviera que volver a empezar, haría lo mismo y de la misma manera.

La ventana estaba abierta. En el aparcamiento se oían puertas de coches que se cerraban y motores que arrancaban. Escuché el ruido de los coches hasta que se mezcló con el fragor del tráfico. Luego unos niños se pusieron a jugar y a armar jaleo en el aparcamiento vacío. A veces se entendía claramente alguna palabra: un nombre, un insulto, una llamada.

El juez se levantó y me despidió. Me dijo que podía volver cuando quisiera si tenía más preguntas. Y también si necesitaba consejo respecto a mis estudios. Y me encargó que el grupo le hiciese llegar los resultados del trabajo.

Crucé el aparcamiento vacío. Le pedí a un niño mayor que los otros que me indicara el camino a la estación. Mis compañeros se habían marchado en coche nada más acabar la sesión, y yo tenía que tomar el tren. El tren iba cargado de gente que volvía del trabajo o de comprar; se detenía en todas las estaciones para que bajase y subiese gente. Yo estaba sentado junto a la ventana, rodeado de pasajeros siempre cambiantes, de conversaciones, de olores. Veía pasar casas, calles, coches, árboles, y a lo lejos montañas, castillos, canteras. Lo veía todo y no sentía nada. Ya no me molestaba que Hanna me hubiera abandonado, engañado y utilizado. Tampoco sentía la necesidad de hacer algo por ella. Sentía cómo la anestesia con que había asistido a los horrores del proceso se apoderaba ahora también de mis sentimientos y pensamientos de la semana anterior. Exageraría si dijera que me alegraba de que fuera así. Pero sí sentí que era algo bueno. Que aquello me permitiría volver a mi vida cotidiana y seguir viviendo en ella.

17

El tribunal dictó sentencia a finales de junio. A Hanna la condenaron a cadena perpetua. A las otras, a penas inferiores.

La sala estaba tan llena como al principio del juicio. Funcionarios de justicia, estudiantes de mi universidad y de la ciudad donde se celebraba el juicio, un grupo de estudiantes de bachillerato, periodistas alemanes y extranjeros y toda esa gente que siempre ronda por los juzgados. Hacían ruido. Cuando las acusadas fueron conducidas a la sala, al principio nadie les prestó atención. Pero luego todo el mundo enmudeció. Los primeros que se callaron fueron los de los asientos delanteros, los más cercanos a las acusadas. Los vi darse codazos y volverse hacia la fila de atrás. «Mirad, mirad», cuchicheaban, y la gente, a medida que se ponía a mirar, se callaba también, se daba codazos, se volvía hacia la fila de atrás y cuchicheaba: «Mirad, mirad.» Hasta que por fin se hizo el silencio en toda la sala.

No sé si Hanna era consciente del aspecto que tenía; quizá aquél era el aspecto que quería tener. Iba vestida con un traje de chaqueta negro y una blusa blanca, y el corte del traje y el lazo que llevaba la hacían parecer uniformada. Nunca he visto el uniforme de las mujeres que trabajaban para las SS. Pero tuve la impresión, como les sucedió a los demás, de tenerlos ante nuestros ojos: el uniforme y la mujer que, enfundada en él, se había puesto al servicio de las SS, que había hecho todo lo que Hanna estaba acusada de hacer.

El público empezó a cuchichear otra vez. Muchos parecían indignados. Les daba la impresión de que Hanna se estaba burlando del proceso, de la sentencia y de ellos mismos, que habían acudido a oír la sentencia. Empezaron a hablar más alto, y algunos increparon a Hanna. Hasta que el tribunal entró en la sala, y el juez, tras mirar a Hanna con el habitual gesto de desconcierto, pronunció la sentencia. Hanna le escuchó de pie, erguida y sin moverse. Durante la lectura de los considerandos, se sentó. Yo no apartaba la mirada de su cabeza y su nuca.

La lectura duró varias horas. Cuando el juicio acabó y condujeron fuera a las acusadas, esperé a ver si Hanna me miraba. Estaba sentado en el sitio de siempre. Pero ella miraba hacia adelante sin ver nada. Una mirada arrogante, ofendida, perdida e infinitamente cansada. Una mirada que no quería ver nada ni a nadie.

TERCERA PARTE

1

El verano que siguió al juicio me lo pasé en la sala de lectura de la biblioteca universitaria. Entraba cuando la abrían y me iba cuando la cerraban. Los fines de semana me quedaba estudiando en casa. Estudiaba de una forma tan exclusiva y obsesiva, que los sentimientos y pensamientos que el juicio había dejado aturdidos siguieron igual de aturdidos. Evitaba todo contacto con la gente. Me fui de casa y alquilé una habitación. Rehuía a los pocos conocidos que se dirigían a mí en la biblioteca o alguna vez en el cine.

El invierno lo pasé casi de la misma manera. Pese a ello, me preguntaron si quería pasar las vacaciones de Navidad con un grupo de estudiantes en una estación de esquí. Para mi propia sorpresa, acepté.

No era un buen esquiador. Pero me gustaba esquiar y era rápido, y conseguía no quedarme atrás. A veces, en descensos para los que no estaba preparado, me arriesgaba a caerme y romperme algo. Lo hacía a sabiendas. Pero también estaba corriendo otro riesgo, éste inconsciente, que acabó materializándose.

Nunca tenía frío. Los otros esquiaban con jersey y abrigo y yo iba en mangas de camisa. Los compañeros, preocupados, me reñían. Pero yo no les hacía caso. Simplemente, no tenía frío. Cuando empecé a toser, lo atribuí al tabaco austríaco. Cuando me asaltó la fiebre, disfruté de aquel estado. Estaba débil y al mismo tiempo ligero, y las impresiones sensoriales me llegaban agradablemente amortiguadas, algodonosas, voluptuosas. Flotaba.

Luego subió la fiebre y me llevaron al hospital. Cuando salí de allí, la anestesia había desaparecido. Estaban de nuevo allí, y para siempre, todas las preguntas, miedos, acusaciones y reproches a mí mismo que habían brotado durante el juicio y que tan pronto habían quedado anestesiadas. No sé si los médicos tienen un nombre para ese síntoma que consiste en no tener frío aunque evidentemente lo haga. Tengo mi propio diagnóstico: antes de soltarme, antes de que pudiera librarme de ella, la anestesia necesitaba apoderarse de mí también físicamente.

Cuando acabé la carrera y empecé las prácticas, llegó el verano del movimiento estudiantil. La historia y la sociología me interesaban mucho, y las prácticas todavía me retenían bastante tiempo en la universidad, así que me enteraba de todo lo que estaba sucediendo. Que me enterara no quiere decir que participara; al fin y al cabo, la calidad de la enseñanza y la reforma universitaria me eran tan indiferentes como el Vietcong y los americanos. En lo que respectaba al tercero y más importante tema del movimiento estudiantil, es decir, el pasado nacionalsocialista, me sentía tan distante de los demás estudiantes que no me apetecía protestar y manifestarme junto a ellos.

A veces pienso que el verdadero motor del movimiento estudiantil era un conflicto generacional, y la revisión crítica del pasado nazi una mera pose que adoptaba el movimiento. Toda generación tiene el deber de rechazar lo que sus padres esperan de ella. En este caso resultaba más fácil, ya que esos mismos padres quedaban desautorizados por el hecho de no haber sabido plantar cara al Tercer Reich, ni siquiera a posteriori. La generación que había cometido los crímenes del nazismo, o los había contemplado, o había hecho oídos sordos ante ellos, o que, después de 1945, había tolerado o incluso aceptado en su seno a los criminales, no tenía ningún derecho a leerles la cartilla a sus hijos. Pero los hijos que no podían o no querían reprocharles nada a sus padres también se veían confrontados con el pasado nazi. Para ellos, la revisión crítica del pasado no era la forma que adoptaba exteriormente el conflicto generacional, sino el problema en sí mismo.

La culpabilidad colectiva, se la acepte o no desde el punto de vista moral y jurídico, fue de hecho una realidad para mi generación de estudiantes. No sólo se alimentaba de la historia del Tercer Reich. Había otras cosas que también nos llenaban de vergüenza, por más que pudiéramos señalar con el dedo a los culpables: las pintadas de esvásticas en cementerios judíos; la multitud de antiguos nazis apoltronada en los puestos más altos de la judicatura, la Administración y las universidades; la negativa de la República Federal Alemana a reconocer el Estado de Israel; la evidencia de que, durante el nazismo, el exilio y la resistencia habían sido puramente testimoniales, en comparación con el conformismo al que se había entregado la nación entera. Señalar a otros con el dedo no nos eximía de nuestra vergüenza. Pero sí la hacía más soportable, ya que permitía transformar el sufrimiento pasivo en descargas de energía, acción y agresividad. Y el enfrentamiento con la generación de los culpables estaba preñado de energía.

Sin embargo, yo no podía señalar con el dedo a nadie.

Desde luego, no a mis padres; a ellos no podía reprocharles nada. Durante el seminario de Auschwitz, imbuido de celo progresista, había condenado a la vergüenza a mi padre, pero ahora ese celo se había disipado, e incluso me resultaba embarazoso, visto retrospectivamente. Todas las culpas que se les pudieran achacar a las demás personas de mi entorno social no eran nada comparadas con las de Hanna. Era a ella a quien tenía que señalar con el dedo. Pero, al hacerlo, el dedo acusador se volvía contra mí. Yo la había querido. No sólo la había querido, sino que la había escogido. Me replicaba a mí mismo que en el momento de escoger a Hanna no sabía nada de su pasado. Y así intentaba refugiarme en esa inocencia con la que los hijos aman a los padres. Pero el amor a los padres es el único del que no somos responsables.

O quizá sí lo somos. Por entonces yo envidiaba a aquellos de mis compañeros que renegaban de sus padres y, con ellos, de toda la generación de los asesinos, los mirones y los sordos, de los que toleraban y aceptaban a los criminales; de ese modo, si no se libraban de la vergüenza, por lo menos podían soportarla mejor.

Pero ¿a qué se debía la arrogante intransigencia que exhibían tan a menudo? ¿Cómo era posible sentir culpa y vergüenza y al mismo tiempo comportarse con intransigencia y arrogancia? ¿Quizá su acto de renegar de los padres no era más que retórica, ruido, aspavientos destinados a ocultar el hecho de que el amor a los padres implicaba irrevocablemente la complicidad con sus culpas?

Ésas son cosas que pensé años más tarde. Y tampoco años más tarde hallé consuelo en ellas. No me consolaba pensar que mi sufrimiento por haber amado a Hanna fuera de algún modo el paradigma de lo que le pasaba a mi generación, de lo que les pasaba a los alemanes, con la diferencia de que en mi caso resultaba más difícil hurtar el bulto o enmascarar el fondo de la cuestión. Aun así, me habría hecho bien poder sentirme simplemente uno más de mi generación.

2

Me casé mientras estaba haciendo las prácticas. Gertrud y yo nos habíamos conocido durante aquellas vacaciones en la nieve; cuando los demás volvieron a casa, ella se quedó un poco más, hasta que me dejaron salir del hospital y me pudo llevar de regreso a casa. También ella estudiaba Derecho; es más, hicimos la carrera juntos, nos licenciamos juntos y empezamos juntos las prácticas. Luego se quedó embarazada y nos casamos.

Nunca le conté nada de Hanna. Nadie quiere saber nada de las anteriores relaciones de su pareja a menos que la relación actual eclipse a las pasadas, y no era ése el caso. Gertrud era inteligente, leal y eficiente, y si nuestra vida hubiera consistido en tener una explotación agrícola con muchos trabajadores, muchos hijos, mucho trabajo y nada de tiempo para la pareja, habríamos envejecido juntos, y nos habríamos sentido plenos y felices. Pero nuestra vida consistía en un piso de tres habitaciones en un barrio periférico, nuestra hija Julia y nuestros trabajos de prácticas. Nunca conseguí dejar de comparar lo que sentía cuando estaba con Gertrud con lo que sentía junto a Hanna, y una y otra vez, cuando andábamos cogidos del brazo, me asaltaba la sensación de que algo fallaba, concretamente en ella: no tenía el tacto ni las vibraciones adecuadas, ni el olor ni el sabor adecuados. Pensaba que con el tiempo se me pasaría. Sinceramente, lo esperaba. Quería librarme de Hanna. Pero esa sensación de que algo fallaba no desaparecía.

Cuando Julia cumplió cinco años, nos separamos. Los dos habíamos llegado al límite de nuestras posibilidades, y nos dejamos sin amargura; desde entonces nos hemos seguido sintiendo unidos en mutua lealtad. Lo único que me dolía era que le estábamos negando a Julia el entorno hogareño que necesitaba a ojos vistas. Cuando Gertrud y yo nos sentíamos confiados y a gusto el uno con el otro, Julia flotaba en ese estado como pez en el agua. Estaba en su elemento. Cuando notaba tensiones entre nosotros, corría del uno al otro para decirnos con toda seriedad que papá era bueno o mamá era buena, respectivamente, y que ella nos quería. Pedía un hermanito, y sin duda le habría encantado tener varios. Tardó mucho tiempo en comprender lo que significaba el divorcio, y cuando yo iba de visita, quería que me quedase, y cuando ella me visitaba a mí, se empeñaba en que Gertrud la acompañara. Cuando me marchaba y la veía mirando por la ventana, y me metía en el coche bajo su mirada triste, se me rompía el corazón. Y tenía la sensación de que lo que le estábamos negando no era un capricho suyo, sino algo a lo que tenía pleno derecho. Al divorciarnos pisoteamos ese derecho suyo, y el hecho de que lo hiciéramos de común acuerdo no menguaba la culpa.

Intenté buscar y enfocar mejor mis relaciones posteriores. Acabé reconociendo que, para poder sentirme a gusto al lado de una mujer, necesitaba que tuviera un tacto y unas vibraciones un poco como los de Hanna, que su olor y su sabor se parecieran a los de Hanna. Y empecé a hablarles de ella a otras mujeres. Y no sólo de ella; también les contaba sobre mí mismo más de lo que le había contado a Gertrud. Todo para que pudieran comprender de algún modo lo que hubiera de extraño en mi comportamiento o en mi humor. Pero no tenían demasiadas ganas de escuchar. Me acuerdo de Helen, la americana, profesora de literatura, que, cuando le contaba ese tipo de cosas, me acariciaba la espalda como para consolarme, sin decir palabra, y seguía muda y acariciándome la espalda cuando yo paraba de hablar. Gesina, la psicoanalista, me decía que tenía que analizar mi relación con mi madre. ¿No me había dado cuenta de que mi madre apenas aparecía en mi historia? Hilke, la dentista, me preguntaba constantemente por mi vida antes de que nos conociéramos, pero cuando le contaba algo, lo olvidaba de inmediato. Así que acabé dejando de hablar. Lo que cuenta no son las palabras, sino los hechos; así que, bien mirado, ¿para qué hablar?

3

Cuando estaba trabajando en la tesina, murió el catedrático que había organizado el seminario de Auschwitz. Gertrud encontró la esquela casualmente en el diario. El entierro era en el cementerio de Bergfriedhof. Me preguntó si quería ir.

No quería. El entierro era un jueves por la tarde, y yo tenía dos exámenes el jueves y el viernes por la mañana. Además, aquel profesor y yo nunca nos habíamos entendido muy bien. Y no me gustaban los entierros. Y no quería acordarme del juicio.

Pero ya era demasiado tarde. El recuerdo ya había vuelto, y el jueves, cuando salí del examen, me pareció que tenía una cita con el pasado a la que no podía faltar.

Cogí el tranvía, cosa que normalmente nunca hacía. Eso ya fue un reencuentro con el pasado, como regresar a un lugar que nos es familiar pero ha cambiado de aspecto. Cuando Hanna trabajaba en la compañía de transportes, había tranvías con dos o tres vagones, plataforma en la entrada y la salida, estribos a los que los pasajeros se encaramaban de un salto cuando el tranvía ya estaba en marcha, y un cordón a lo largo de todo el convoy, con el que el revisor hacía sonar la señal de partida. En verano, los tranvías circulaban con las plataformas abiertas. El revisor expedía, marcaba y controlaba los billetes, anunciaba las paradas, señalizaba la partida, vigilaba a los niños que se amontonaban en las plataformas, reñía a los viajeros que subían o bajaban en marcha, e impedía la entrada cuando el coche estaba lleno. Había revisores graciosos, ocurrentes, serios, aburridos y groseros, y muchas veces el ambiente en el vagón estaba en consonancia con el temperamento o el humor pasajero del revisor. Lástima que, después del desafortunado episodio de la sorpresa frustrada, nunca más me atreviera a espiar a Hanna para ver cómo le sentaba el papel de revisora.

Subí al tranvía, por supuesto sin revisor, y me dirigí al cementerio. Era un día frío de otoño, con el cielo despejado y algo neblinoso y un sol amarillo que ya no calentaba y al que se podía mirar de frente sin que dolieran los ojos. Tuve que buscar un rato hasta encontrar el lugar de la ceremonia. Pasé entre árboles altos y pelados, entre viejas lápidas. De vez en cuando veía a algún empleado del cementerio trabajando en los jardines o a alguna vieja con una regadera y unas tijeras de podar. Había mucho silencio, y oí de lejos el himno litúrgico que estaban cantando al pie de la tumba del catedrático.

Me quedé un poco apartado, observando a la escasa concurrencia. Había unos cuantos individuos que parecían a todas luces gente de pocos amigos o algo excéntrica. De los discursos que pronunciaron sobre la vida y la obra del catedrático parecía desprenderse que aquel hombre se había sacudido el yugo de las ataduras sociales y había perdido el contacto con ellas, para volverse autosuficiente y acabar convirtiéndose en un solitario.

Reconocí a un antiguo compañero del seminario de Auschwitz; se había licenciado antes que yo y luego había empezado a trabajar de abogado, hasta que se cansó y abrió un bar; llevaba un abrigo largo de color rojo. Se dirigió a mí cuando todo había acabado y yo me volvía ya hacia la puerta del cementerio.

–Tú y yo éramos compañeros de clase, ¿no te acuerdas?

–Sí.

Nos dimos la mano.

–Yo siempre iba al juicio los miércoles, y a veces te llevaba en coche –dijo, soltando una carcajada–. Tú, en cambio, ibas todos los días, todos los días y todas las semanas. Siempre me he preguntado el motivo. ¿Por qué no me lo cuentas ahora?

Me miró con benevolencia y expectación, y recordé que aquella mirada ya me había llamado la atención en clase.

–El juicio me interesaba especialmente.

–O sea que el juicio te interesaba especialmente. –Volvió a reír–. ¿Seguro que lo que te interesaba era el juicio? ¿No sería más bien una de las acusadas? ¿Aquella que estaba de bastante buen ver? No le quitabas la vista de encima. Todos nos preguntábamos qué os traíais entre manos tú y ella, pero nadie se atrevía a decírtelo a ti. En aquella época éramos todos terriblemente comprensivos y considerados. ¿Te acuerdas de...?

Empezó a hablar de otro compañero del seminario, que tartamudeaba o ceceaba y no paraba de decir tonterías, y al que escuchábamos como si fuese un oráculo. Y luego pasó a hablar de otros compañeros, de cómo eran entonces y lo que hacían ahora. Hablaba y hablaba. Pero yo sabía que al final me volvería a preguntar: «Bueno, y dime, ¿qué os traíais entre manos tú y la acusada aquella?» Y no sabía qué responderle, cómo mentir, cómo decir la verdad, cómo esquivarlo.

Llegamos a la puerta del cementerio y me hizo la pregunta. Miré hacia la parada y vi que en aquel momento estaba llegando el tranvía, y grité: «Hasta luego», y eché a correr, como si pudiera encaramarme de un salto a la plataforma, y perseguí al tranvía y golpeé la puerta con la palma de la mano. Y entonces sucedió lo que ya no creía posible, lo que no me atrevía a esperar. El tranvía volvió a parar, se abrió la puerta y entré.

4

Acabadas las prácticas, me llegó el momento de decidirme por una profesión. Me tomé un poco de tiempo, no como Gertrud, que empezó enseguida a ejercer como jueza. Como mi mujer no tenía mucho tiempo libre, fue una suerte que yo pudiera quedarme en casa y encargarme de Julia. Pero cuando Gertrud superó las dificultades del primer momento y Julia empezó a ir a la guardería, la decisión se hizo inaplazable.

No resultaba fácil. No me imaginaba en ninguno de los papeles de jurista que había visto en el juicio de Hanna. Acusar me parecía una simplificación tan grotesca como defender, y el papel de juez era la peor de todas las simplificaciones. Tampoco me veía como funcionario de la Administración; durante las prácticas había trabajado en el Gobierno Civil, y sus despachos, pasillos, olor y personal me habían parecido grises, estériles y deprimentes. No quedaban muchas más opciones profesionales para un licenciado en Derecho, y no sé dónde habría acabado de no haber sido por el catedrático de historia del Derecho que me ofreció una plaza de interino en su departamento. Gertrud decía que eso no era más que una huida, una forma de huir del desafío y la responsabilidad de la vida, y tenía razón. Sí, huí, y al hacerlo me sentí aliviado. Al fin y al cabo, no era para siempre, le decía y me decía; todavía era lo bastante joven para buscarme una profesión de verdadero jurista, incluso después de unos cuantos años de historia del Derecho. Pero sí fue para siempre; a la primera huida siguió la segunda, cuando me pasé de la universidad a un centro de investigación y me busqué en él un rincón en el que podía dedicarme a la historia del Derecho, que era lo que me interesaba, sin necesitar ni molestar a nadie.

Pero el que huye no sólo se marcha de un lugar, sino que llega a otro. Y el pasado al que llegué a través de mis estudios era tan vívido como el presente. No es cierto, como pueden pensar quizá los que ven el asunto desde fuera, que ante el pasado tengamos que limitarnos a observar, sin participar, como hacemos en el presente. Ser historiador significa tender puentes entre el pasado y el presente, observar ambas orillas y tomar parte activa en ambas. Una de mis áreas de investigación era el Derecho en la época del Tercer Reich, y ahí se aprecia con especial claridad cómo el pasado y el presente se funden en una sola realidad vital. Ahí, la manera de huir no consiste en buscarle las vueltas al pasado, sino justamente en concentrarse sólo en un presente y un futuro ciegos a la herencia del pasado, de la que estamos empapados y con la que tenemos que vivir.

Pero no ocultaré que disfruto sumergiéndome en otras épocas no tan importantes para entender el presente. La primera vez que disfruté de veras fue cuando empecé a estudiar legislaciones y proyectos de ley de la época de la Ilustración. Eran textos animados por la fe en la bondad innata del mundo, y por lo tanto en la posibilidad de regular formalmente esa bondad. Me llenaba de gozo ver cómo de esa fe surgían postulados del buen ordenamiento social, que después se reunían en leyes que tienen belleza, una belleza que es la única prueba de su verdad. Durante mucho tiempo creí que existía el progreso en la historia del Derecho, y que a pesar de los terribles encontronazos y retrocesos, podía apreciarse un avance hacia una mayor belleza y verdad, racionalidad y humanidad. Desde que sé que esa creencia era quimérica, manejo otro concepto de la andadura de la historia del Derecho. La veo encarada hacia un objetivo, pero ese objetivo, al que llega por un camino sembrado de obstáculos, malentendidos y deslumbramientos, es el mismo principio del que ha partido, y del que, apenas ha llegado, debe volver a partir.

Por entonces releí la *Odisea*, que había leído por primera vez en bachillerato, y que recordaba como la historia de un regreso. Pero no es la historia de un regreso. Los griegos, que sabían que nadie puede bañarse dos veces en el mismo río, no creían en el regreso, por supuesto. Ulises no regresa para quedarse, sino para volver a zarpar. La *Odisea* es la historia de un movimiento, con objetivo y sin él al mismo tiempo, provechoso e inútil. ¿Y qué otra cosa se puede decir de la historia del Derecho?

5

Con la *Odisea* empezó todo. La leí después de separarme de Gertrud. Pasaba muchas noches sin dormir más
que unas pocas horas y dando vueltas en la cama. Cuando
encendía la luz y le echaba mano a un libro se me cerraban los ojos, y cuando dejaba el libro y apagaba la luz, se
me abrían otra vez de par en par. Así que decidí leer en
voz alta. De ese modo no se me cerraban los ojos. Pero en
mis confusas divagaciones de duermevela, llenas de recuerdos y sueños y de atormentadores círculos viciosos,
que giraban en torno a mi matrimonio, mi hija y mi vida,
se imponía una y otra vez la figura de Hanna. Así que decidí leer para Hanna. Y empecé a grabarle cintas.

Pasaron varios meses hasta que le mandé las cintas.
Al principio no quería enviarle nada fragmentario, y esperé hasta haber grabado toda la *Odisea*. Pero luego empecé a dudar de que la *Odisea* pudiera interesarle tanto a
Hanna, y grabé lo que leí después de la *Odisea*, varios
cuentos de Schnitzler y Chéjov. Luego estuve un tiempo
aplazando el momento de llamar al juzgado en el que habían condenado a Hanna para preguntar dónde cumplía
la pena. Al final reuní todo lo necesario: la dirección de
Hanna, que estaba en una cárcel cercana a la ciudad en

la que le habían juzgado y condenado, un aparato de casete, y las cintas, numeradas, de Chéjov a Homero, pasando por Schnitzler. Y por fin acabé enviándole el paquete con el aparato y las cintas.

No hace mucho encontré la libreta en que fui apuntando a lo largo de los años lo que grababa para Hanna. Se ve claramente que los primeros doce títulos están apuntados de una sola vez; seguramente empecé a leer sin orden ni concierto hasta que me di cuenta de que si no tomaba nota no me acordaría de lo que ya había leído. Algunos de los títulos siguientes llevan fecha, y otros no, pero aun sin fechas sé que el primer envío a Hanna lo hice en el octavo año de su condena, y el último en el decimoctavo. Fue cuando le concedieron el indulto que había pedido tiempo atrás.

Seguí leyendo para Hanna todo lo que me apetecía leer. En el caso de la *Odisea*, al principio se me hizo difícil concentrarme tanto como lo hacía cuando leía sólo para mí. Pero con el tiempo me fui acostumbrando. El otro inconveniente de la lectura en voz alta es que requiere más tiempo. Pero, a cambio de eso, lo que leía se me quedaba más grabado en la memoria. Aún hoy me acuerdo muy claramente de bastantes cosas.

Pero también grabé cosas que ya conocía y me gustaban. Así que Hanna recibió una buena dosis de Keller, Fontane, Heine y Mörike. Tardé mucho en atreverme a leer poemas, pero luego acabó encantándome y me aprendí de memoria una buena parte de los poemas que grabé. Hoy todavía puedo recitarlos.

En conjunto, los títulos anotados en la libreta encajan en el sólido candor de los gustos de la burguesía culta. Tampoco recuerdo haberme planteado nunca ir más allá de Kafka, Max Frisch, Uwe Johnson, Ingeborg Bachmann y Siegfried Lenz; nunca grabé literatura experimental, esa literatura en la que no soy capaz de identificar una historia y no me gusta ninguno de los personajes. Para mí estaba claro que con lo que experimenta la literatura experimental es con el lector, y eso era algo de lo que Hanna y yo podíamos prescindir perfectamente.

Cuando empecé a escribir yo, le leía también cosas mías. Esperaba hasta haber dictado el manuscrito y revisado la versión escrita a máquina, hasta que tenía la sensación de que aquello ya estaba acabado. Al leer en voz alta sabía si conseguía el efecto deseado. Si no lo conseguía, podía revisarlo todo y volver a grabar encima de lo que ya estaba grabado. Pero no me gustaba hacerlo. Quería cerrar el círculo con la grabación. Hanna se convertía en la entidad para la que ponía en juego todas mis fuerzas, toda mi creatividad, toda mi fantasía crítica. Luego podía enviar el manuscrito a la editorial.

No hacía ningún comentario personal en las cintas; ni le preguntaba a Hanna cómo le iban las cosas, ni le contaba cómo me iban a mí. Leía el título, el nombre del autor y el texto. Cuando se acababa el texto, esperaba un momento, cerraba el libro y pulsaba la tecla de parada.

6

En el cuarto año de nuestra relación, al mismo tiempo tan abundante y tan parca en palabras, me llegó un saludo. «La última historia me ha gustado mucho, chiquillo. Gracias. Hanna.»

Era una hoja de papel pautado, arrancada de un cuaderno y con el borde cuidadosamente recortado. El saludo estaba arriba y ocupaba tres líneas. Estaba escrito con un bolígrafo azul que dejaba manchas. Hanna lo había empuñado con mucha energía; la escritura se marcaba por el reverso de la hoja. También la dirección estaba escrita con vigor: se marcaba visiblemente en la mitad superior e inferior del papel, que estaba doblado por la mitad.

A primera vista podía parecer que se trataba de la letra de un niño. Pero todo lo que la letra de los niños tiene de torpe y desgarbado, ésta lo tenía de violento. Se veía la resistencia que Hanna había tenido que vencer para formar letras con los trazos y palabras con las letras. La mano infantil siempre intenta escaparse para aquí y para allá, y hay que forzarla a ceñirse a la línea. La mano de Hanna no intentaba escaparse hacia ninguna parte, y el único imperativo era seguir adelante. Los trazos que daban forma a las letras eran discontinuos, acababan y empezaban en cada ángulo, en cada curva o bucle. Y cada letra era una conquista nueva, con una orientación distinta más o menos oblicua, y con una altura y anchura propias.

Leí el saludo y me sentí inundado de alegría y júbilo. «¡Ha aprendido, ha aprendido!» Durante aquellos años, yo había leído todo lo que había encontrado sobre analfabetismo. Sabía de la impotencia ante situaciones totalmente cotidianas, a la hora de encontrar el camino para ir a un lugar determinado o de escoger un plato en un restaurante; sabía de la angustia con que el analfabeto se atiene a esquemas invariables y rutinas mil veces probadas, de la energía que cuesta ocultar la condición de analfabeto, un esfuerzo que acaba marginando a la persona del discurrir común de la vida. El analfabetismo es una especie de minoría de edad eterna. Al tener el coraje de aprender a leer y escribir, Hanna había dado el paso que llevaba de la minoría a la mayoría de edad, un paso hacia la conciencia.

Luego estudié a fondo la letra de Hanna y vi cuánta fuerza y cuánta lucha le había costado escribir. Estaba orgulloso de ella. Y al mismo tiempo me daba pena, me daba pena su vida retrasada y fracasada, y pensé con tristeza en los retrasos y los fracasos de la vida en general. Pensé que cuando se ha dejado pasar el momento justo, cuando alguien se ha negado demasiado tiempo a algo, o se lo han negado, ese algo por fuerza llega demasiado tarde, por más que uno lo acometa con todas sus fuerzas y lo reciba con gozo. ¿O quizá no existe «demasiado tarde», sólo «tarde», y «tarde» es mejor que «nunca»? No lo sé.

Después del primer saludo fueron llegando con regularidad los siguientes. Siempre eran unas pocas líneas, una fórmula de agradecimiento, una petición, más del mismo autor, o por favor nada más de ése, una observación sobre algún escritor, poema, historia o personaje de una novela, o un comentario sobre la vida en la cárcel. «En el patio ya florecen las forsythias», o «Me gusta que haya tantas tormentas este verano», o «Veo por la ventana a los pájaros juntándose para emigrar al sur». Muchas veces eran los comentarios de Hanna sobre las forsythias, las tormentas de verano o las bandadas de pájaros los que me hacían percibir esas cosas. Sus observaciones sobre literatura eran a menudo asombrosamente acertadas. «Schnitzler es perro ladrador y poco mordedor, y Stefan Zweig lleva el rabo entre las patas», o «Keller lo que necesita es una mujer», o «Las poesías de Goethe son como pequeñas estampas enmarcadas en oro», o «Estoy segura de que Lenz escribe a máquina». Como no sabía nada de todos esos escritores, Hanna suponía que eran contemporáneos, al menos mientras nada indicase lo contrario. En efecto, me sorprendió ver que hay mucha literatura antigua que se puede leer como si fuera de hoy; alguien que no sepa nada de historia puede creer que todas esas costumbres de tiempos pasados son en realidad las costumbres actuales de tierras remotas.

Nunca le escribí. Pero seguí leyendo para ella sin parar. Durante el año que pasé en América le enviaba las cintas desde allí. Cuando me iba de vacaciones o tenía mucho trabajo, podía tardar bastante en llenar una cinta. No establecí un ritmo fijo: a veces enviaba una cinta cada semana o cada quince días y otras veces al cabo de tres o cuatro semanas. No me planteaba la posibilidad de que Hanna, ahora que sabía leer, quizá ya no necesitase mis cintas. Que leyera también por su cuenta si le apetecía. Pero la lectura era mi manera de dirigirme a ella, de hablar con ella.

Tengo guardados todos sus saludos por escrito. La escritura va cambiando. Empieza forzando a las letras a alinearse todas en la misma dirección oblicua y a adoptar la altura y anchura correctas. Una vez conseguido eso, se hace más ligera y más segura. Nunca suelta. Pero adquiere algo de la severa belleza propia de la letra de los ancianos que han escrito poco en su vida.

7

Por entonces nunca pensaba en que a Hanna la soltarían un día. El intercambio de saludos y cintas se había hecho tan normal y familiar, y Hanna se había convertido tan libremente en alguien cercano y al mismo tiempo distante, que no me habría importado que continuara así para siempre. Era una actitud cómoda y egoísta, lo sé.

Un día llegó la carta de la directora de la prisión:

Frau Schmitz y usted mantienen un intercambio epistolar desde hace varios años, tratándose del único contacto que tiene Frau Schmitz con el exterior, por lo que he decidido dirigirme a usted, aunque ignoro qué grado de amistad o parentesco tiene con la antes citada.

El año próximo, Frau Schmitz volverá a formular una solicitud de indulto, y todo parece indicar que le será concedido. En tal caso, pronto se le retirará la privación de libertad, después de una estancia de dieciocho años en nuestra institución. Por supuesto, por nuestra parte podemos encontrarle, o intentar encontrarle, domicilio y trabajo; por lo que respecta al trabajo, a su edad no resultará fácil, aunque goza de una salud inmejorable y da muestras de grandes dotes en la costurería de nuestra institución. Pero, por más que nosotros nos esforcemos, siempre es mejor que se interese algún familiar o amigo que pueda estar cerca de ella para acompañarla y brindarle apoyo. No puede usted imaginarse lo sola y desamparada que se puede sentir fuera una persona después de dieciocho años de privación de libertad.

En general, Frau Schmitz no necesita a nadie que le infunda ánimos, y sabe arreglárselas sola. Bastaría con que usted se encargara de buscar una vivienda pequeña y un trabajo, la visitase con regularidad en las primeras semanas y meses, la invitase a su casa y se preocupara de que estuviera informada de las ofertas de las parroquias, escuelas de adultos, centros cívicos, etc. Además, después de dieciocho años, al principio no es fácil desplazarse al centro de la ciudad, ir de compras, acudir a una ventanilla o ir a comer a un restaurante. Resulta más grato hacerlo en compañía.

He observado que usted nunca visita a Frau Schmitz. Si lo hiciera, no le habría escrito esta carta, sino que habría hablado directamente con usted aprovechando alguna visita. Pero ahora es imprescindible que venga usted a verla antes de que recupere la libertad. Le ruego que en tal caso no deje de pasar por mi despacho.

Para acabar me enviaba «afectuosos saludos», pero evidentemente no era mi persona lo que le despertaba especial cariño, sino la suerte de Hanna. Yo ya había oído hablar de aquella mujer; la prisión que dirigía era considerada modélica, y su voz tenía cierto peso en el debate sobre la reforma penitenciaria. La carta me gustó.

Lo que no me gustó fue el trabajo que se me venía encima. Por supuesto que tenía el deber de buscarle vivienda y trabajo, y así lo hice. Unos amigos que tenían una pequeña vivienda anexa a su casa, que no utilizaban ni alquilaban, accedieron a cedérsela a Hanna por un alquiler no muy alto. El sastre griego al que llevaba a arreglar ropa de vez en cuando, estaba dispuesto a darle trabajo a Hanna, porque su hermana, que llevaba el negocio con él, tenía ganas de volver a Grecia. Y también empecé a informarme sobre las ofertas de formación y asistencia social de toda clase de instituciones, religiosas y laicas, mucho antes de que Hanna pudiera interesarse por alguna. Pero iba dejando para más adelante la visita que le debía.

No quería visitarla por lo que he dicho antes: porque Hanna se había convertido libremente en alguien cercano y al mismo tiempo distante. Tenía la sensación de que la Hanna que yo ahora conocía sólo podía existir en la distancia. Temía que el pequeño, fácil e íntimo mundo de los mensajes y las cintas se revelara demasiado artificial y frágil para poder resistir la cercanía verdadera. ¿Cómo íbamos a vernos cara a cara sin que aflorase todo lo que había pasado entre nosotros?

Y así se me pasó el año sin poner los pies en la cárcel. Estuve mucho tiempo sin recibir noticias de la directora de la prisión; le envié una carta explicándole lo que había preparado para Hanna en relación con el trabajo y la vivienda, pero no recibí respuesta. Por lo visto, la directora contaba con hablar conmigo cuando fuera a visitar a Hanna. Pero no podía saber que yo no sólo estaba retrasando esa visita, sino poco menos que huyendo de ella. Al final llegó la concesión del indulto y la libertad de Hanna, y la directora me llamó por teléfono. ¿Podía ir ya? Hanna iba a salir en una semana.

8

Al domingo siguiente me presenté. Era la primera vez que entraba en una cárcel. Me registraron a la entrada, y a medida que avanzaba iban abriendo y cerrando las puertas. Pero el edificio era nuevo y luminoso, y en la parte interior las puertas estaban abiertas y las mujeres se movían con toda libertad. Al final del pasillo había otra puerta que daba al exterior, a un parterre de césped con árboles y bancos, bastante concurrido. Busqué con la mirada. La funcionaria que me había acompañado me señaló un banco cercano, a la sombra de un castaño.

¿Hanna? ¿La mujer del banco era Hanna? Pelo blanco, hondos surcos verticales en la frente, en las mejillas, alrededor de la boca, y un cuerpo pesado. Llevaba un vestido azul celeste que le venía pequeño y le marcaba el pecho, el vientre y los muslos. Tenía las manos en el regazo, sosteniendo un libro. No lo leía. Miraba por encima de la montura de sus gafas de lectura a una mujer que echaba migajas de pan a los gorriones. Luego se dio cuenta de que la miraba y giró la cara hacia mí.

Vi la emoción en su rostro, lo vi resplandecer de alegría al reconocerme, vi sus ojos tantear toda mi cara. Y cuando me acerqué los vi buscar, preguntar, y enseguida volverse inseguros y tristes, hasta que se apagó el resplandor. Cuando llegué junto a ella, me sonrió con amabilidad, pero con gesto cansado.

–Te has hecho mayor, chiquillo.

Me senté a su lado y ella me cogió la mano.

Antes su olor me encantaba. Siempre olía a limpio: a ducha, a ropa limpia, a sudor fresco o a amor físico. A veces se ponía perfume, no sé cuál, y también el olor del perfume era lo más fresco del mundo. Entre aquellos olores frescos había otro, un olor denso, oscuro, áspero. Cuántas veces la olisqueé como un animal curioso. Empezaba por el cuello y los hombros, que olían a ducha, y aspiraba entre los pechos el olor de sudor fresco, que en las axilas se mezclaba con el otro olor, el denso y oscuro. En la cintura y el vientre aquel olor aparecía puro y sin mezcla, y entre las piernas con un toque afrutado que me excitaba; también olfateaba las piernas y los pies, los tobillos, en los que se perdía el olor denso, las corvas, donde aparecía de nuevo, más ligero, el olor a sudor fresco, y los pies, que olían a jabón o a cuero o a cansancio. La espalda y los brazos no tenían ningún olor especial; no olían a nada, pero olían a ella. Y en las palmas de las manos se concentraba el olor del día y el trabajo: la tinta de los billetes, el metal de la perforadora, cebolla o pescado o grasa de freír, lejía o plancha caliente. Al lavarlas, las manos ocultan todo eso al principio. Pero en realidad lo único que hace el jabón es tapar los olores, que al cabo de un rato vuelven a estar ahí, atenuados y fundidos en un único olor del día y del trabajo, de la tarde, del regreso, de la casa reencontrada.

Ahora, sentado junto a Hanna, olí a una anciana. No sé de dónde sale ese olor que conozco de las abuelas y las tías entradas en años, y que flota como una maldición en las habitaciones y los pasillos de los asilos. Hanna era demasiado joven para aquel olor.

Me acerqué más. Me di cuenta de que acababa de decepcionarla, y quería arreglarlo.

–Me alegro de que salgas.

–¿Sí?

–Sí, y me alegro de saber que voy a tenerte cerca.

Le hablé de la vivienda y el trabajo que había encontrado para ella, de las ofertas culturales y sociales del barrio, de la biblioteca municipal.

–¿Lees mucho?

–Pse. Me gusta más que me lean –dijo, mirándome–. Ahora eso se acabó, ¿no?

–¿Por qué tiene que acabarse? –repliqué. Pero no me veía grabando más cintas ni yendo a visitarla para leerle en voz alta–. Me alegré mucho cuando vi que habías aprendido a leer. Me sentí orgulloso de ti. ¡Y qué cartas más bonitas me has escrito!

Eso era verdad. Me había sentido orgulloso y me había alegrado mucho de que leyera y de que me escribiera. Pero noté que mi admiración y mi alegría no estaban a la altura del esfuerzo que le había costado a Hanna aprender a leer y escribir; eran tan raquíticas que ni siquiera me habían inducido a contestarle, a visitarla, a hablar con ella. Le había reservado a Hanna un rincón, un rincón que para mí era importante, que me aportaba algo y por el que estaba dispuesto a hacer algo, pero no a concederle un lugar en mi vida.

Pero ¿por qué tendría que habérselo concedido? Pensar que la había arrinconado me producía mala conciencia, pero eso me indignaba.

–Dime una cosa: antes de que te juzgaran, ¿nunca pensabas en todo lo que salió a relucir en el juicio? O sea: ¿nunca pensabas en ello cuando estábamos juntos, o cuando te leía?

–¿Te preocupa mucho? –replicó; pero continuó sin esperar respuesta–. Siempre he tenido la sensación de que nadie me entendía, de que nadie sabía quién era yo y qué me había llevado a la situación en que estaba. Y, ¿sabes una cosa?, cuando nadie te entiende, tampoco te puede pedir cuentas nadie. Pero los muertos sí. Ellos sí que te entienden. No hace falta que estuvieran allí, pero si estuvieron te entienden aún mejor. Aquí en la cárcel estaban conmigo constantemente. Venían cada noche, aunque no siempre los esperara. Antes del juicio todavía podía ahuyentarlos cuando querían venir.

Se detuvo esperando que yo dijera algo, pero no se me ocurría nada. Primero quise decir que yo tampoco había podido ahuyentarla a ella nunca. Pero no era verdad; meter a alguien en un rincón significaba ahuyentarlo.

–¿Estás casado?

–Lo estuve. Gertrud y yo llevamos ya muchos años divorciados, y tenemos una hija. Vive en un internado, y espero que para los últimos cursos del bachillerato venga a vivir conmigo.

Esta vez fui yo quien se detuvo esperando que ella dijera o preguntara algo. Pero calló.

–Te paso a buscar la semana que viene, ¿de acuerdo?

–De acuerdo.

–¿Sin hacer ruido, o podemos armar un poco de jolgorio?

–Sin hacer ruido.

–De acuerdo, pasaré a buscarte sin hacer ruido y sin música ni champán francés.

Me levanté, ella se levantó. Nos quedamos mirándonos el uno al otro. El timbre había sonado dos veces y las otras mujeres ya habían entrado en el edificio. Sus ojos volvieron a tantear mi cara. La abracé, pero fue como abrazar algo inanimado.

—Cuídate, chiquillo.

—Lo mismo te digo.

Así, nos despedimos ya antes de tener que separarnos dentro de la prisión.

9

La semana siguiente estuve muy atareado. Ya no recuerdo si porque tenía poco tiempo para preparar la conferencia que me habían encargado, o fue debido sólo a la presión de trabajo a la que me había sometido a mí mismo, en busca del éxito profesional.

La idea inicial que tenía para la conferencia no llevaba a ninguna parte. Cuando me puse a revisarla tropecé con una retahíla de arbitrariedades, en lugar del buen tino y la regularidad que esperaba. En vez de resignarme, seguí buscando, agobiado, con terquedad y miedo, como si con mi visión de la realidad naufragara también la realidad misma, y estaba dispuesto a darles la vuelta a los hechos comprobados, a hincharlos o camuflarlos. Entré en un estado de extraña inquietud; conseguía dormirme cuando me iba a la cama tarde, pero al cabo de unas pocas horas me encontraba otra vez despierto, hasta que me decidía a levantarme y seguir leyendo o escribiendo.

Hice también todo lo necesario en relación con la puesta en libertad de Hanna. Equipé la vivienda con unos cuantos muebles viejos y otros comprados en un hipermercado, anuncié al sastre griego la llegada de Hanna y actualicé la información que tenía sobre ofertas sociales y de formación. Compré comida, puse libros en la estantería y colgué unos cuantos cuadros. Hice ir a un jardinero para que se encargara del pequeño jardín que rodeaba la terraza situada delante de la sala de estar. También esto lo hice con terquedad y agobio; era demasiado para mí.

Pero me bastaba para no tener que pensar en mi visita a Hanna en la cárcel. Sólo a veces, cuando iba en coche o me sentaba cansado al escritorio o estaba en la casa de Hanna o despierto en la cama, la idea se apoderaba de mí y hacía emerger los recuerdos. La veía en el banco, con la mirada fija en mi cara; la veía en la piscina, con la cara girada hacia mí; y tenía de nuevo la sensación de haberla traicionado, y me sentía culpable. Y de nuevo me rebelaba contra aquella sensación, y la acusaba a ella, y me parecía pobre y tosco el truco con que se escabullía de su culpa. Dejarse pedir cuentas sólo por los muertos, reducir la culpabilidad y el arrepentimiento a un problema de insomnio y pesadillas... ¿Y los vivos qué? Pero en realidad no estaba pensando en los vivos, sino en mí mismo. ¿Acaso yo no podía pedirle cuentas también? ¿Qué había hecho ella de mí?

Por la tarde, antes de pasar a buscarla, llamé a la cárcel. Primero hablé con la directora.

–Estoy un poco nerviosa. Normalmente, sabe usted, cuando se pone en libertad a alguien después de tantos años, esa persona pasa primero unas cuantas horas o días fuera. Pero Frau Schmitz se ha negado. Mañana lo pasará mal.

Me pusieron con Hanna.

–¿Qué te apetece hacer mañana? ¿Quieres que te lleve a casa directamente o prefieres ir a dar un paseo por el bosque o por la orilla del río?

–Me lo pensaré. Sigues siendo un gran planificador, ¿eh?

Aquello me molestó. Me molestó igual que cuando mis novias me decían que me faltaba espontaneidad, que me regía demasiado por el cerebro y muy poco por el estómago.

Ella detectó mi enfado en mi silencio y se rió.

–No te enfades, chiquillo, no lo decía con mala intención.

Había encontrado a Hanna sentada en un banco, y era una vieja. Tenía aspecto de vieja y olía a vieja. Pero no me había fijado en su voz. Su voz seguía siendo joven.

10

A la mañana siguiente, Hanna estaba muerta. Se había ahorcado al amanecer.

Cuando llegué, me llevaron al despacho de la directora. Era la primera vez que la veía: una mujer pequeña y delgada, con gafas y el pelo rubio ceniza. Parecía insignificante hasta que empezó a hablar con un cierto acaloramiento y mirada severa, y moviendo vigorosamente las manos y los brazos. Me preguntó por la conversación telefónica de la última tarde y el encuentro de la semana anterior. Quería saber si yo había sospechado algo o había tenido algún temor. Lo negué. No había sentido ninguna sospecha o temor, ni siquiera inconscientes.

–¿De qué se conocían?

–Vivíamos en el mismo barrio.

Me miró con aire interrogativo, y comprendí que tenía que decir algo más.

–Vivíamos en el mismo barrio, y con el tiempo nos conocimos y entablamos amistad. Luego, cuando era estudiante, estuve en el juicio en que la condenaron.

–¿Por qué le enviaba cintas de casete?

Callé.

–Usted sabía que era analfabeta, ¿verdad? ¿Cómo lo sabía?

Me encogí de hombros. No veía por qué tenía que contarle nada sobre Hanna y yo. Tenía el llanto concentrado en el pecho y en la garganta, y temía no poder hablar. No quería llorar delante de ella.

Seguramente se dio cuenta de cómo me sentía.

–Venga, le enseñaré la celda de Frau Schmitz.

Echó a andar delante de mí, pero se volvía una y otra vez para anunciarme o explicarme cosas. Aquí hubo un atentado terrorista, aquí está la sala de costura en la que trabajaba Hanna, aquí Hanna hizo una vez una huelga de brazos caídos hasta que se retiró el proyecto de reducir el presupuesto de la biblioteca, por aquí se va a la biblioteca. Se detuvo delante de la celda.

–Frau Schmitz no hizo el equipaje. Está todo igual que cuando ella vivía.

Cama, armario, mesa y silla; en la pared, encima de la mesa, una estantería, y en el rincón, detrás de la puerta, el lavabo. En lugar de ventana, ladrillos de cristal translúcido. La mesa estaba despejada. En la estantería había libros, un despertador, un oso de peluche, dos vasos, un bote de café molido, varios de té, el casete y, en dos compartimentos más bajos, las cintas que yo le había grabado.

–No están todas –dijo la directora, que había ido siguiendo mi mirada–. Frau Schmitz solía prestarle cintas al servicio de ayuda a los internos invidentes.

Me acerqué a la estantería. Primo Levi, Elie Wiesel, Tadeusz Borowski, Jean Améry: la literatura de las víctimas y, junto a ella, las memorias de Rudolf Höss, el comandante de Auschwitz, el ensayo de Hannah Arendt *Eichmann en Jerusalén* y varios libros sobre los campos de exterminio.

–¿Hanna leía estas cosas?

–Por lo menos cuando pidió los libros sabía muy bien lo que hacía. Hace varios años ya me pidió que le diera bibliografía general sobre los campos de exterminio, y luego, hace un año o dos, me preguntó si había libros sobre las mujeres de los campos, tanto las prisioneras como las guardianas. Escribí al Instituto de Historia Contemporánea y me enviaron una bibliografía especial sobre el tema. Lo primero que se puso a leer Frau Schmitz cuando aprendió fueron libros sobre los campos de exterminio.

Por encima de la cama había multitud de pequeñas fotos y notas sujetas a la pared. Me arrodillé sobre la cama y me puse a leer. Eran citas, poemas, frases cortas, también recetas de cocina que Hanna se había apuntado o que, como las fotos, había recortado de periódicos y revistas. «La cinta azul de la primavera ondea de nuevo por el aire», «La sombra de las nubes corre por los campos»: todos los poemas estaban llenos de amor y nostalgia por la naturaleza, y las fotos eran de bosques primaverales, praderas cubiertas de flores, hojas de otoño y árboles, un sauce junto a un riachuelo, un cerezo lleno de rojas cerezas maduras, un castaño otoñal jaspeado de amarillo y naranja. En una foto recortada de un periódico aparecían un hombre mayor y otro más joven, vestidos de oscuro, dándose la mano, y en el joven, que hacía una reverencia ante el mayor, me reconocí a mí mismo. Acababa de terminar el bachillerato, y la foto era de la ceremonia correspondiente, en la que el director me entregó un premio. Fue bastante después de que Hanna se marchara de la ciudad. ¿Podía ser que ella, la analfabeta, estuviera suscrita al periódico local en el que había aparecido la foto? En cualquier caso, algún esfuerzo debía de haber hecho para averiguar que la foto existía y para conseguirla. ¿Y la tenía durante el juicio? ¿La llevaba encima, quizá? Noté de nuevo cómo el llanto se me agolpaba en el pecho y la garganta.

–Aprendió a leer con usted. Se llevaba en préstamo de la biblioteca los libros que usted le había grabado, y seguía palabra por palabra y frase por frase lo que oía. De tanto pararlo y ponerlo en marcha y rebobinar hacia adelante y hacia atrás, el aparato acabó estropeándose, y había que repararlo cada dos por tres. Para las reparaciones hace falta un permiso firmado por mí, y así fue como acabé enterándome de lo que hacía Frau Schmitz. Al principio no quería hablar de ello, pero luego empezó también a escribir y me pidió un libro de caligrafía, y ya no intentó ocultarlo más. Además, estaba orgullosa de haberlo conseguido, y tenía ganas de expresar su alegría.

Mientras la directora hablaba, yo seguía arrodillado mirando las fotos y las notas y sofocando el llanto. Cuando me di la vuelta y me senté en la cama, me dijo:

–Tenía tantas ganas de que usted le escribiera... Sólo recibía correspondencia de usted, y cuando repartían el correo preguntaba: «¿No hay carta para mí?», y le aseguro que no se refería al habitual paquete de las cintas. ¿Por qué no le escribió nunca?

Volví a callar. No habría podido hablar, sólo balbucear y llorar.

Se dirigió a la estantería, cogió un bote de té de hojalata, se sentó a mi lado y se sacó del bolsillo del traje de chaqueta un papel doblado.

–Me ha dejado una carta, una especie de testamento. Le leo lo que le afecta a usted.

Desplegó el papel.

–«En el bote de té de color lila hay más dinero. Déselo a Michael Berg para que él se lo entregue, junto con los siete mil marcos de mi libreta de ahorro, a la hija de la

193

superviviente del incendio. Que haga con el dinero lo que quiera. Y a él déle recuerdos de mi parte.»

Así que no me había dejado una nota. ¿Lo había hecho para herirme? ¿Para castigarme? ¿O quizá porque tenía el alma tan cansada que ya sólo podía hacer lo mínimo imprescindible?

–Cuénteme cómo era Hanna, cómo fue durante todos estos años –dije cuando recuperé el aliento–, y cómo fueron los últimos días.

–Estuvo muchos años viviendo aquí como en un convento. Como si hubiera venido por su propio pie para retirarse del mundo, como si se hubiera sometido voluntariamente a las reglas que rigen en esta casa; el trabajo al que se dedicaba, que era bastante monótono, se lo tomaba como si fuese una especie de ejercicio de meditación. Con las otras mujeres era amable pero distante, y ellas le tenían mucho respeto. Es más, tenía autoridad, le pedían consejo cuando había problemas, y cuando había alguna disputa ella intervenía y todas decían amén. Hasta que hace unos años empezó a abandonarse. Siempre había velado por su aspecto, era fuerte pero esbelta, y de una limpieza extremada, muy minuciosa. Pero a partir de entonces empezó a comer demasiado y a lavarse poco; al cabo de un tiempo engordó y empezó a oler mal. Y no se la veía triste ni insatisfecha. Era como si hasta el convento le pareciera ya superpoblado, demasiado ruidoso, y se viera obligada a retirarse a un rincón aún más apartado, a una ermita solitaria en la que no tuviera que ver a nadie y en la que ya no fueran importantes el aspecto, la ropa y el olor. He dicho que se abandonó, pero eso no expresa la realidad. Lo que hizo fue redefinir su posición de la manera que ella creía correcta, aunque eso le costase perder su influencia sobre las demás.

–¿Y los últimos días?

–Estaba como siempre.

–¿Puedo verla?

Asintió con la cabeza, pero siguió sentada.

–¿Puede ser que, cuando se pasa por una fase tan larga de aislamiento, la idea de volver al mundo resulte insoportable? Quizá sea mejor matarse que cambiar el convento y la ermita por el mundo.

Me miró.

–Frau Schmitz no ha dejado escritos los motivos de su suicidio. Y usted se niega a contar lo que hubo entre los dos, aunque creo que eso ayudaría a entender el hecho de que Frau Schmitz se matara justo la noche antes de que usted pasara a buscarla.

Dobló el papel, se lo metió en el bolsillo, se levantó y se alisó la falda.

–Su muerte me ha afectado, ¿sabe?, y en estos momentos estoy furiosa, con Frau Schmitz y con usted. Pero bueno, vamos.

Echó a andar de nuevo delante de mí, esta vez sin decir palabra. Hanna estaba en la enfermería, en una habitación pequeña. Apenas había espacio para pasar entre la pared y la camilla. La directora levantó la sábana.

Hanna tenía un pañuelo atado alrededor de la cabeza, para sostener la mandíbula inferior hasta que llegara el rigor mortis. La cara no parecía ni especialmente serena ni especialmente atormentada. Parecía, simplemente, rígida y muerta. Pero tras un rato de contemplación, en el rostro muerto se transparentó la imagen del rostro viviente, y sobre el rostro de la vejez el rostro de la juventud. Algo así les debe pasar a los matrimonios ancianos, pensé: para ella, el viejo alberga en su interior el joven que fue, y para él la vieja guarda aún en su seno la hermosura y la gracia de la joven. ¿Por qué no había visto yo aquella imagen una semana anterior?

No lloré. Al cabo de un rato, la directora me miró con aire interrogante; asentí con la cabeza y ella volvió a echar la sábana por encima del rostro de Hanna.

11

Cuando llevé a cabo el encargo de Hanna, ya era otoño. La hija vivía en Nueva York, y aproveché un congreso en Boston para ir a llevarle el dinero: un cheque por el valor de los ahorros de Hanna y el bote de té con dinero en metálico. Le había escrito una carta en la que, tras presentarme como especialista en historia del Derecho y mencionar el juicio, solicitaba una entrevista con ella. Me invitó a tomar el té.

Fui de Boston a Nueva York en tren. Los bosques relucían en tonos marrones, amarillos, naranjas, castaños y rojizos, y en el rojo encendido del arce. Me acordé de las fotos de paisajes otoñales de la celda de Hanna. Cuando, entre el deslizamiento de las ruedas y el traqueteo del vagón, me venció el cansancio, soñé que Hanna y yo vivíamos en una casa en las colinas de colorido otoñal que iba cruzando el tren. Hanna era mayor que cuando nos habíamos conocido, pero más joven que en el momento de nuestro reencuentro, mayor que yo, más guapa que antes, con los años más relajada en sus movimientos, y más a gusto dentro de su cuerpo. La veía salir del coche y coger un par de bolsas de la compra, la veía dirigirse a casa a través del jardín, dejar las bolsas de la compra en el suelo y subir la escalera delante de mí. Mi deseo de estar con Hanna se hacía tan fuerte que sentía dolor. Me resistía a ceder al deseo, argumentando que era incompatible con mi realidad y la de Hanna, con la realidad de nuestras edades, de nuestros entornos vitales. ¿Cómo iba a vivir Hanna en América si no hablaba inglés? Y, además, tampoco sabía conducir.

Desperté y recordé que Hanna estaba muerta. Y también comprendí, que, en realidad, el deseo que en el sueño se aferraba a ella, no era sino el deseo de volver a casa.

La hija vivía en una calle pequeña cerca de Central Park. La calle estaba bordeada a ambos lados por viejas casas adosadas de piedra oscura, con escaleras de la misma piedra, que llevaban al primer piso. El conjunto transmitía un aire de severidad: casa tras casa, fachadas casi iguales, escalera tras escalera, y a intervalos regulares árboles plantados no hacía mucho, con unas pocas hojas amarillas en las delgadas ramas.

La hija sirvió el té ante una gran ventana que daba a los jardincillos del patio de manzana, unos, verdes y vistosos, y otros, simples montones de trastos. En cuanto nos sentamos, llenamos las tazas, echamos azúcar y lo removimos, pasó del inglés en que me había dado la bienvenida al alemán.

–¿A qué debo su visita?

La pregunta no era amable ni antipática; el tono era de absoluta neutralidad. Todo en ella parecía neutral: la actitud, los gestos, la ropa. La cara parecía extrañamente intemporal. Como después de un *lifting*. Pero quizá era que el sufrimiento a edad temprana la había congelado. Intenté en vano acordarme de su cara durante el juicio.

Le comuniqué la muerte de Hanna y la puse al corriente de su encargo.

–¿Por qué yo?

–Supongo que porque es la única superviviente.

–¿Y qué hago yo con el dinero?

–Lo que le parezca más conveniente.

–Y con eso le daría la absolución a Frau Schmitz, ¿no?

Al principio quise contradecirla, pero lo cierto es que Hanna pedía mucho. Hanna quería que los años pasados en prisión fuesen algo más que un castigo; quería darles un sentido, y quería que se le reconociese esa intención. Así se lo dije a la hija.

Ella meneó la cabeza. No supe si con ello pretendía negar mi interpretación o negarle a Hanna el reconocimiento que pedía.

–¿No puede darle el reconocimiento sin por eso darle también la absolución?

Se rió.

–A usted le caía bien, ¿verdad? Dígame, ¿qué clase de relación tenían?

Vacilé un momento.

–Le leía libros. La cosa empezó cuando yo tenía quince años, y continuó cuando ella estaba ya en la cárcel.

–¿Y cómo podía...?

–Le enviaba cintas. Frau Schmitz fue analfabeta casi toda su vida; aprendió a leer y escribir en la cárcel.

–¿Por qué hizo usted todo eso?

–Cuando tenía quince años, tuvimos una relación amorosa.

–¿Quiere decir que se acostaban juntos?

–Sí.

–Qué brutal llegó a ser esa mujer. ¿Ha conseguido usted superar ese choque tan fuerte a los quince años? No, usted mismo dice que empezó a leerle otra vez cuando estaba en la cárcel. ¿Ha estado usted casado?

Asentí con la cabeza.

–Y su matrimonio fue breve y desgraciado, y no ha vuelto a casarse, y el hijo, si es que lo tienen, está en un internado.

–Eso les pasa a miles de personas. Para eso no hace falta una Frau Schmitz.

–En los últimos años, cuando estaban en contacto, ¿tenía la sensación de que ella sabía lo que le había hecho?

Me encogí de hombros.

–En cualquier caso, sabía lo que les había hecho a otros en el campo de concentración y durante la marcha de la muerte. No sólo me lo dijo así, sino que en los últimos años dedicó mucho interés al tema.

Le conté lo que me había dicho la directora de la prisión.

Se levantó y empezó a andar a grandes pasos de un lado a otro de la habitación.

–¿Cuánto dinero es?

Me dirigí al vestíbulo, donde había dejado el maletín, y volví con el cheque y el bote de té.

–Véalo usted misma.

Miró el cheque y lo dejó en la mesa. En cuanto al bote, lo abrió, lo vació, volvió a cerrarlo y lo sostuvo en la mano, mirándolo fijamente.

–De pequeña tenía un bote de té en el que guardaba mis tesoros. No era como éste, aunque en aquella época ya había botes como éste, sino un bote con letras cirílicas que se cerraba encajando la tapa por fuera, no por dentro como éste. Conseguí llevármelo al campo de concentración y allí un día me lo robaron.

–¿Qué había dentro?

–Pues lo típico: un mechón de mi perro, entradas de óperas a las que me había llevado mi padre, un anillo que había ganado no sé dónde o que regalaban con algún producto... No me lo robaron por el contenido. En el campo un bote era un objeto de valor por sí mismo y por lo que se podía hacer con él.

Lo dejó encima del cheque.

–¿Qué propone usted hacer con el dinero? Utilizarlo para algo que tenga que ver con el Holocausto me parecería como una especie de absolución, y yo no puedo ni quiero darla.

–Para analfabetos que quieran aprender a leer y escribir. Seguro que hay fundaciones, asociaciones, sociedades benéficas a las que se les pueda dar el dinero.

–Sin duda –dijo, intentando hacer memoria.

–¿Y hay alguna asociación judía de ese tipo?

–De una cosa puede estar seguro: si hay asociaciones para una cosa, entre esas asociaciones habrá alguna judía. Aunque, eso sí, el analfabetismo no es precisamente un problema que afecte a los judíos.

Me acercó el cheque y el dinero.

–Vamos a hacer una cosa. Usted se informa de qué asociaciones judías de ese tipo hay, aquí o en Alemania, y hace una transferencia a la cuenta de la asociación que más le convenza. Y si eso del reconocimiento –rió– es muy importante para usted, puede hacer el donativo a nombre de Hanna Schmitz.

Volvió a coger el bote de té.

–El bote me lo quedo yo.

12

Ya han pasado diez años desde todo aquello. En los primeros tiempos después de la muerte de Hanna siguió atormentándome la duda de si realmente la había negado y traicionado, de si al amarla me hice culpable, de si debería haberme liberado de ella de palabra y obra, y de cómo podría haberlo hecho. A veces me preguntaba si era responsable de su muerte. Y a veces me enfurecía con ella y por todo lo que me hizo. Hasta que el odio perdió fuelle y las dudas trascendencia. No importa lo que hice o no hice, ni lo que ella me hizo a mí: es mi vida, eso es todo.

La decisión de escribir nuestra historia la tomé poco después de su muerte. Desde entonces, esta historia se ha escrito muchas veces en mi cabeza, cada vez un poco diferente, cada vez con nuevas imágenes y fragmentos de acción y pensamiento. Por eso, además de la versión que he escrito, hay muchas otras. Supongo que esta versión es la verdadera, porque la he escrito mientras las otras se han quedado sin escribir. Esta versión pedía ser escrita; las otras no.

Al principio quería escribir nuestra historia para librarme de ella. Pero la memoria se negó a colaborar.

Luego me di cuenta de que la historia se me escapaba, y quise recuperarla por medio de la escritura, pero eso tampoco hizo surgir los recuerdos. Desde hace unos años he dejado de darle vueltas a esta historia. He hecho las paces con ella. Y ha vuelto por sí misma con todo detalle, y tan redonda, cerrada y compuesta que ya no me entristece. Durante mucho tiempo pensé que era una historia muy triste. No es que ahora piense que es alegre. Pero sí pienso que es verdadera y que por eso la cuestión de si es triste o alegre carece de importancia.

En cualquier caso, eso es lo que pienso cuando me viene a la cabeza sin más. Pero cuando me siento herido vuelven a asomar las antiguas heridas, cuando me siento culpable vuelve la culpabilidad de entonces, y en los deseos y las añoranzas de hoy se ocultan el deseo y la añoranza de lo que fue. Los estratos de nuestra vida reposan tan juntos los unos sobre los otros que en lo actual siempre advertimos la presencia de lo antiguo, y no como algo desechado y acabado, sino presente y vívido. Lo comprendo. Pero a veces me parece casi insoportable. Quizá sí escribí la historia para librarme de ella, aunque sé que no puedo.

En cuanto volví de Nueva York, envié el dinero de Hanna, a su nombre, a la Jewish League Against Illiteracy. Recibí una breve carta escrita con ordenador, en la que la Jewish League agradecía a Mrs. Hanna Schmitz su donativo. Con la carta en el bolsillo me fui al cementerio, a la tumba de Hanna. Fue la primera y la única vez que estuve ante su tumba.